KB160188

사르비아 총서 · 633

어떤 미소

F. 사강/정봉구 옮김

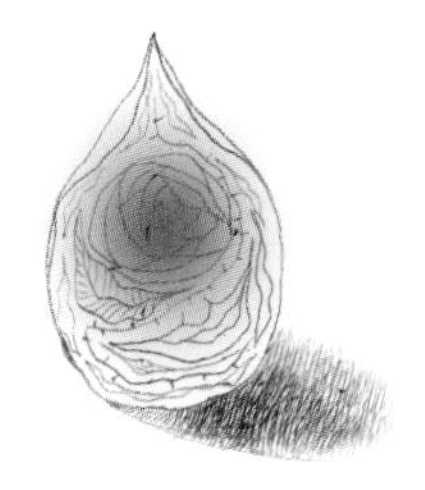

범우사

이 책을 읽는 분에게 · 5

제1부 · 13
제2부 · 97
제3부 · 137

연보 · 198

이 책을 읽는 분에게

사강(Sagan, Françoise, 1935~)은 프랑스의 여류 작가로 일찍이 소르본 대학에 재학 중 불과 열여덟 살 때 《슬픔이여 안녕(Bonjour tristesse)》을 세상에 내놓음으로써 일약 세계 문단에 이름을 떨친 무서운 소녀작가였다. 그리고 여기에 옮긴 《어떤 미소》는 《슬픔이여 안녕》을 뒤이은 제 2작으로서 처녀작을 능가하는 수작秀作이다.

사강은 실업가를 아버지로 하고 부유한 가정에서 태어나 1939년까지 파리에서 살다가 독일군이 파리를 점령했던 당시에는 리용에 옮겨서 살았고 전후에 다시 파리로 돌아와 살았다.

사강이 문필에 뜻을 둔 것은, 그녀 자신의 말에 의하면 그녀가 열다섯 살이던 여름, 앙드레 지드의 소설 《지상의 양식》을 읽고부터였다고 한다. 그녀는 《지상의 양식》을 읽고 깊은 감명에 사로잡혀 그 뒤부터 무엇인가 쓰고자 했다는 것이다.

그리하여 그녀는 1954년 마침내 《슬픔이여 안녕》을 세상에 내놓았고, 그것이 1954년도 프랑스 '비평 대상'을 획득함으로써, 프랑스뿐만이 아닌 세계 각국에서 베스트 셀러로 각광을 받는 동시에 문단의 화제를 불러일으켰던 것이다.

《슬픔이여 안녕》은 세실이라는 열여덟 살짜리 주인공이 냉소적인 그 어떤 청춘에만 있는 잔인성을 가지고 어른의 세계를 예리하게 관찰하며, 자기의 생각을 펼쳐 나가는 내용으로, 모리악이 사강을 두고 '조그만 악마'라고 평하게까지 한 작품이다. 사강은 이 작품에서 주인공의 눈을 통하여 미지의 세계에 대한 두려움과, 완성된 것에 대한 반감, 반역과 같은 감정을 표시하고 있다. 즉, 그녀는 총명하고 우수한 한 사람의 여성인 어른을 미워하고 파괴한다.

《슬픔이여 안녕》의 대강 줄거리를 추려 보면 이렇다. 열여덟 살의 소녀 세실은 젊은 홀아비 아버지와 파리에서 밝은 생활을 하고 있다. 그런데 어떤 여름, 그들은 남부 프랑스의 해변으로 바캉스를 떠난다. 아버지와 딸과 그리고 아버지의 애인인, 반 영업인營業人인 젊은 여성과 셋이서 그들은 평화스러운 여름을 보낸다. 거기에 죽은 어머니의 친구로, 이지적理知的이고 아름다운 여성이 놀러 온다. 그리고 지금까지 그저 외모의 아름다움에만 매여 즐기는 대상으로 애인을 선택해 온 아버지는, 총명하고 세련된 이 마흔두 살의 여성에게 마음이 끌린다. 그러던 어느 날 밤, 두 사람은 칸느에 놀러 가서 마음이 합치되어 결혼을 약속한다.

주인공 세실은, 미래의 어머니에 대해서 복잡한 감정을 지닌다. 즉, 아버지를 독점하고 싶은 마음이라든지 또는 그 미래의 어머니의 감독, 이를테면 시험 공부를 강요한다든지 남자 친구와의 밀회를 책망한다든지 하는 따위 행동에 반감을 느낀다. 그러던 중, 주인공 소녀는 책략을 써서 자기의 애인인 남자 친구와 또 아버지의 애인이었던 젊은 여자를 이용하여 아버지의 결혼을 방해한다.

여기서 사강은 그녀의 독특한 필치와 그 어떤 젊음의 잔인성으로 작품을 이끌어 나가며 독자의 크나큰 주목을 집중시켰거니와 이 작품의 성공은 또한 다른 의미의 문제를 문단에 불러일으켰던 것이다. 즉, 이 소녀 작가에 대한 기대, 그러니까 제 2작에 대한 기대가 그것이었다.

어느 나라나 다 그렇겠지만 프랑스에서는 '작가의 두 번째 책을 기다린다'는 말이 있다. 특히 이와 같이 어린소녀의 세계적인 성공작에 뒤따르는 제 2작에 대한 기대는 여러 가지로 착잡한 것이었다. 다시 말해서 거듭되는 성공에 대한 기대와 은근히 실패를 바라는 심술궂은 기대가 엇갈려 있는 것이다.

이와 같은 기대 앞에서 사강은 여느 작가와 마찬가지로 무거운 중압감을 느꼈다. 그리고 괴로움 같은 것마저 느꼈다. 그 당시 사강은 그와 같은 심정을 다음과 같이 말했다고 한다. "나는 다음 소설이 기관총을 지닌 사람들에 의해서 기다려지고 있다는 것을 알고 있어요." 그러나 다음 작품은 이와 같은 많은 문제와 주목 속에서 훌륭하게 기대를 능가했다. 1956년에 사강은 《어떤 미소》를 세상에 내놓음으로 해서 그녀의 반대파들의 짓궂은 기대를 뒤엎고 처녀작 이상의 성공을 거두었다. 모든 일류급의 비평가들은 《슬픔이여 안녕》보다도 더 큰 찬사를 이 《어떤 미소》에 보냈던 것이다.

《슬픔이여 안녕》에 뒤이은 이 《어떤 미소》로 사강은 완전히 새로운 한 세대를, 그러니까 전후세대戰後世代의 어떤 층을 대표하는 작가로서 세계의 주목 대상이 되었던 것이다. 사강은 젊은이들의 기분과 젊은 세대의 호흡을 작품 속에서 다룸으로써 성공을 거둔 것이라고 생각된다.

사강은 그녀의 작품 속에서 전후戰後 파리의 청춘의 한 타입을 여실히 그려 냄으로써 젊은 세대에 그 어떤 공감을 던져 준 것이라 하겠다. 이를테면 소위 실존주의자들의 아지트라고 할 생 제르망 데 프레의 카페에서 미국의 재즈를 듣는다든지, 위스키를 마시며 울적한 마음을 푼다든지 또는 사르트르의 책을 읽는다든지 하는 따위 인생의 권태와 시니시즘을 짓씹는 그들의 생활이 《어떤 미소》 속에서는 강력한 추진성을 가지고 독자들을 사로잡는다.

사강은 《어떤 미소》 이후로도 《달이 가고 해가 가면(Dans un mois, dans un an)》(1957), 《브람스를 좋아하세요(Aimez-vous Brahms…)》(1959) 등의 소설을 계속 발표했다. 그리고 이와 같은 작품들은 대체로 어느 것이나 몇 쌍의 남녀들의 갈등을 주제로 한 경묘輕妙하고도 신선한 심리 소설이다. 앞에서도 잠깐 논급한 바와 같이, 사강은 섬세한 심리 묘사를 특히 잘했으며, 거기에 감미로운 정감情感을 깃들게 하면서도, 사랑의 파국이며 작중 인물의 고독을 잔인하고도 간결한 필치로서 묘사하고 있다.

사강은 이처럼 작품의 제재題材에 있어선 그 당시의 정치문제나 사회와 관련을 두지 않지만 그녀 자신은 한때 알제리 해방위원회의 일원이었던 일도 있고 자유로운 인간적인 입장에서 때로는 정치나 사회 문제에도 발언이 있었다. 또한 사강은 소설류 이외에도 발레로 〈기다리는 사람 아니 오다(Rendez-vous manqué)〉(1958)를 썼으며 희곡으로 〈스웨덴의 성(Un Château en Suède)〉(1960) 같은 것들을 썼다.

마지막으로 여기에 옮긴 《어떤 미소》는 Julliard판을 텍스트로 삼고 그것을 전역全譯했음을 밝히며, 책머리에 작가가 이 책을 바친 플로랑스 말로(Florence Malraux)는 사강의 친구로 사강보다 두서너 살 위의 사진작가이다. 그리고 유명한 작가 앙드레 말로의 딸이다. 말로의 사진집에 서문을 쓴 것은 사강이다. 이것으로 미루어 두 사람이 상당히 가까운 사이라는 것을 예측할 수 있다.

옮긴이

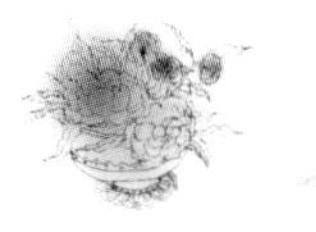

플로랑스 말로에게

어떤 미소
Un Certain Sourire

제1부

제1장

우리는 여느 날이나 다름없는 봄날의 한나절인 그날 오후를 생작크 로路의 다방에서 보냈다. 나는 속으로 약간 지리해하고 있었다. 나는 제르트랑이 스피르의 강의에 관해서 어쩌고저쩌고 얘기하는 동안 전축과 창 사이를 왔다갔다하고 있었다. 나는 한순간, 전축에 기대서서 디스크가 서서히 들어올려지며, 마치 얼굴 볼처럼 거의 상냥하리만큼 사파이어 바늘을 향해서 비스듬히 내려 놓아지는 것을 보았던 일이 생각난다. 그리고 나는 어쩐지 모르게 그때 심한 행복감에 사로잡히는 것을 느꼈고 넘쳐흐르는 육체적인 직감에 사로잡히는 것을 느꼈다. 내가 어느 날인가 죽게 될 것이며, 이 크롬(Chrome, 공기 중의 화학 물질) 끝의 나의 손도, 그리고 내 두 손 속에 비치는 태양 광선도 없어지리라는 것을 느꼈다.

나는 베르트랑 쪽으로 돌아섰다. 그는 나를 쳐다보고 있다가 나의 미소를 보고선 일어섰다. 그는 내가 자기 없이도 행복할 수 있다는 것을 인정치 않았다. 나의 행복은 우리 두 사람의 공동 생활의 주요한 순간이어야만 했던 것이다. 그 일을 나는 이미 막연히 알고 있었지만, 그럼에도 불구하고 그날따라 나는 그 일을 견디어 내지 못하고 외면을 했다. 피아노가 〈론느 엔드 스위트〉의 멜로디를 연주했고, 또 클라리넷은 내가 그 마디마디를 외고 있는 곡을 피아노에 뒤이어 연주하고 있었다.

나는 작년 시험 때 베르트랑과 만났다. 우리는 여름 방학으로, 내가 부모님들께로 떠나기에 앞서 책상을 나란히 하고 불안한 일주일을 보냈다. 첫 부분은 예사로웠다. 그러다가 말투가 바뀌었다.

나는 이와 같은 변화를 아무런 열기熱氣도 없이 지켜본 것은 아니었다. 그러니까 그가 "나는 이 고백이 우스꽝스럽다고 생각한다. 하지만 나는 너를 사랑하고 있는 것 같기만 하다"고 나에게 써보냈을 때, 나도 같은 투로 거짓없이 그에게 화답할 수 있었던 것이다. "이 고백은 우스꽝스럽지만, 하지만 나도 너를 사랑해"하고. 이 대답은 자연스레 내 마음에 떠올랐다. 아니 차라리 밝음이 되어 그 말이 떠올랐다. 이욘느 강가의 나의 부모님의 토지는 약간 지리했다. 나는 강가에 내려가면 한동안 수면에서 일렁거리는 노란빛 말풀 무더기를 바라보았고, 그러다가 제비처럼 날쌔게 물 위로 날, 매끄럽게 마모된 까만 작은 돌로 물수제비뜨기를 했다. 그 해 여름 내내 나는 마음속으로, 그리고 장래형으로 '베르트랑'이란 이름을 되풀이했다. 어떤 의미에서, 편지로서 정열을 일치시킨다는 일은

나에게 아주 적격인 것 같았다.

지금 베르트랑은 내 뒤에 있다. 그는 나에게 유리잔을 내밀고 있는 것이다. 돌아서고 보니 나는 그와 마주서게 되었다. 내가 그들의 논의論議거리에 대해서 무관심한 것을, 그는 언제나 좀 못마땅해 했다. 나는 독서를 꽤 좋아하는 편이긴 했지만 문학을 논하는 일은 따분했다.

베르트랑은 그 일에 익숙지 않았다.

"너는 늘 똑같은 곡曲만 트는구나. 하지만 나는 그것이 그런 대로 좋아"하고 그가 말했다.

이 마지막 말귀를 그는 어정쩡한 말투로 말했다. 그리고 나는 이 디스크를 우리가 처음 만났을 때 함께 들은 일을 생각해 냈다. 나는 항상 그에게서 내가 기억조차 못하고 있는 센티멘털한 감정이 솟아나는 것을 깨달았으며, 또 우리 둘 사이에 여러 가지 푯대〔標柱〕가 있는 것을 깨달았다. "그는 나에게 있어서 아무것도 아니다"하고 나는 갑자기 생각했다. "그는 나를 지리하게 만들었고, 나는 모든 일에 무관심했으며, 나는 아무것도 아니다. 아무것도, 완전히 아무것도 아니다"하고 생각했다. 그리고 터무니없이 열광적인 똑같은 감정이 목구멍에 걸리며 나를 붙잡았다.

"나, 외삼촌을 만나러 가야겠는데, 왜 있지 않니, 그 여행가 말이다. 너도 갈래?" 하고 베르트랑이 말했다.

베르트랑이 앞섰다. 그래서 나도 그를 따라갔다. 나는 그 여행가라는 베르트랑의 아저씨를 본 일이 없었다. 그리고 그와 아는 사이가 되고 싶지도 않았다. 그러나 내 속에 있는 그 무엇이 목덜미를 말끔히 면도한 이 젊은이를 따라가게 했다. 저항 없이 물고기처럼 차갑고 매끄러운 한 작은 생각과 함께 항상 나는 그의 뒤를 따랐다. 그리고 일종의 애정을 지니고서. 나는 베르트랑과 함께 큰 길을 내려갔다. 우리의 발걸음은 밤의 우리 몸처럼 일치했다. 그는 내 손을 잡았다. 우리는 날씬했고, 기분좋은 느낌이었으며, 마치 그림과 같았다.

큰길을 걷는 동안 주욱, 그리고 우리를 여행가 아저씨에게 데려다 주는 버스간에 있는 동안 내내 나는 베르트랑을 사랑하는 마음으로 보았다. 버스의 요동으로 내가 그에게 부딪칠 때면, 그는 웃으면서 보호자처럼 팔로 나를 감싸안았다. 나는 그에게 기댄 채로 내 머리를 얹기에 아주 편리한 남성의 그 어깨 위에 머리를 얹고 있었다. 나는 그의 냄새를 맡았다. 나는 그것을 잘 알고 있었다. 그것은 나를 감동시켰다. 베르트랑은 나의 최초의 연인戀人이었다. 내가 내 자신의 육체의 냄새를 안 것은 베르트랑 위에서였다. 사람은 언제나 타인의 몸 위에서 자기의 몸을 발견하는 것이며, 자기 몸의 길이와 자기 몸의

향기를 알게 되는 것이다. 처음에는 시기심을 가지고서 그리고 다음에는 감사의 마음을 가지고서.

베르트랑은 별로 좋아하지 않는 듯싶은 그 여행가 아저씨에 관해서 나에게 얘기했다. 그는 나에게 그의 여행의 희극에 관해서 얘기했다. 왜냐하면 베르트랑은 언제나 나에게서 희극을 찾아내는 일에 골몰하고 있었기 때문이다. 그런데 정도가 너무 심했기 때문에 자기도 모르는 사이에 자기 자신이 연극을 하고 있는 것이 아닌가 하는 약간의 두려움 속에 있었다. 그것이 나에겐 재미 있었고, 그 일을 그는 해냈다.

여행가 아저씨는 베르트랑을 어떤 다방 테라스에서 기다리고 있었다. 나는 그를 힐끗 보고는 그의 외삼촌이 별로 나쁘지 않다고 베르트랑에게 말했다. 우리는 벌써 아저씨 곁에 와 있었다. 아저씨는 자리에서 일어섰다.

"뤽크 외삼촌, 나 여자 친구하고 같이 왔어요. 도미니크예요. 이분이 우리 외삼촌 뤽크 씨야. 여행가이셔" 하고 베르트랑이 말했다.

나는 기분 나쁘지 않게 놀랐다. 나는 속으로 생각했다. "제법 해내겠는데, 이 여행가 아저씨"하고. 그는 회색빛 눈에 피로한 모습이었으며 거의 슬픈 표정이었다. 어떤 의미로 그는 아름다웠다.

"요전번 여행은 어땠어요?"하고 베르트랑이 물었다.

"신통치 않았어. 귀찮은 상속권 문제를 보스턴에서 처리하고 왔지. 형편없는 먼지투성이 법률가들이 우글거리고 말이다. 아주 따분했다. 넌 어떠냐?"

"우리들은 시험이 두 달 후예요" 하고 베르트랑이 말했다.

그는 '우리들' 이란 말에 힘을 주었다. 그것이 소르본 대학의 부부 생활과 같은 일면이었다. 시험을 마치 아기처럼 얘기하는 습관이었다.

아저씨가 나를 향해서 말했다.

"학생도 시험을 치르는가요?"

"예" 하고 나는 막연히 말했다(나의 활동은, 그것이 아무리 사소한 일일지라도 항상 나를 조금 부끄럽게 만들었던 것이다).

"담배가 떨어졌는걸" 하고 베르트랑이 말했다. 그가 일어섰다. 그리고 나는 그를 시선으로 뒤좇았다. 그는 빨리 가벼운 걸음으로 걸었다. 나는 이따금 저 근육들이며, 반사 작용으로 뽀얀 피부의 혼합들이 모두 나의 것이라고 생각했고, 그것이 엄청난 선물인 양 여겨졌다.

"시험말고는 무얼 하고 있어요?" 하고 아저씨가 말했다.

"아무것도, 별로 대단한 일도 없어요" 하고 내가 말했다.

나는 손을 들어서 낙담의 표시를 했다. 그는 그 손을 공중에서 잡았다. 나는 당황하여 그를 쳐다보았다. 한순간, 아주 빨리 나는 생각했다. '이 사람, 내 마음에 드는데, 이 사람 좀 늙었지만 내 마음에 든다'고. 그러나 그는 웃으면서 나의 손을 탁자 위에 놓았다.

"학생 손가락이 잉크투성이로군. 이건 좋은 표적인데. 학생은 시험에 틀림없이 성공할 거야. 그리고 훌륭한 변호사가 될 거야. 그런데 학생은 별로 얘기를 안 하는 편이로군."

나는 그와 함께 웃어댔다. 그를 친구로 만들어야만 되겠다고 생각했다.

그러나 벌써 베르트랑이 돌아와 있었다. 뤽크 씨가 그에게 얘기를 했다. 나는 그들이 무엇을 얘기하고 있는지 듣고 있지 않았다. 뤽크 씨는 느릿느릿한 말투를 썼으며, 커다란 손을 지니고 있었다. 나는 속으로 생각했다. '나 같은 종류의 계집애들을 낚아채는 그런 타입의 사람이다.' 이미 나는 조심하고 있었다. 그러나 그 사람이 우리를 다음다음날 점심 식사에 초대했을 때, 그러나 자기 부인과 함께라는 말로 초대했을 때, 나는 약간의 불쾌감을 느끼지 않을 수 없었다.

제2장

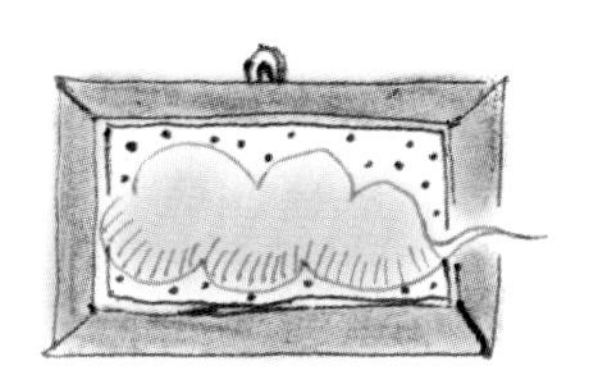

뤽크 씨 댁에서 점심 식사를 하기 전 이틀간을 나는 꽤 지리하게 보냈다. 결국에 나에게 할 일이 무엇이 있었겠는가? 나에게 그리 대단한 일도 가져올 듯싶지 않은 시험 공부를 조금 한다든지, 양지에서 햇볕을 쬔다든지, 베르트랑에게 사랑을 받는다든지, 내 편에서는 그다지 내키지 않는 일이었지만, 그렇긴 하지만 나는 그를 참 좋아했다. 신뢰, 애정, 존경 등 경멸할 수 없는 것 같았으며, 정열에 관해서는 나는 그리 생각지 않았다. 이 참다운 감동의 결여가 나에게는 사는 일에 관한 가장 정상적인 방법인 듯싶었다. 산다는 일, 결국 그것은 가능한 한껏의 가장 만족스럽기 위한 계획인 것이다. 그리고 그것만으로도 결코 용이한 일은 아니었다.

나는 여학생들만이 있는 하숙집과 같은 곳에서 살았다. 규칙이 그다지 까다롭지 않았기 때문에 나는 밤중, 한 시나 두 시에도 예사롭게 돌아왔다. 천장이 얕은 나의 방은 널찍한데다 아무런 장식조차 없었다. 방을 장식하려는 시초의 내 계획이 금방 사그라졌기 때문이다. 나는 방 치장에 대해서 별로 요구 조건이 없었으며, 방이 나에게 불유쾌한 느낌만 주지 않는다면 그것으로 족했다. 이 하숙집에는 시골냄새가 풍겨서 그것을 나는 좋아했다. 나의 창은 얕은 담으로 둘러싸여진 앞마당을 향해 있었다. 그 앞마당 위로 항상 중단되고 학대받는 파리의 하늘이 쭈그리고 있었다. 그리고 그 하늘이 때로 저 멀리, 거리며 발코니 위로 사라졌다. 감동적으로 그리고 감미롭게…….

나는 날마다 아침에 일어나면 강의를 들으러 갔고, 베르트랑과 만났고, 그와 함께 점심을 먹었다. 거기엔 소르본 대학 도서관이 있었고, 영화관이 있었고, 공부가 있었고, 다방과 테라스와 친구들이 있었다. 저녁이면 우리는 춤을 추러 가거나 아니면 베르트랑 집으로 돌아가서 그의 침대에 길게 누워 있다가 서로 사랑했고 그런 뒤에 우리는 어둠 속에서 오래도록 얘기하는 것이었다. 나는 기분이 좋았다. 그리고 내 속에는 항상 따뜻하고 생기 있는 짐승과 같은 한 권태의 취미가, 그리고 고독의 취미가 또 때로는 열중의 취미가 존재하고 있었다. 나는 틀림없이 간장염일 것이라고 생각했다.

그 금요일, 뤽크 씨 댁에 점심을 먹으러 가기 전에 나는 카트린느네 집에 들렀다. 그리고 거기서 한 삼십 분 지냈다. 카트린느는 활기가 있었고, 제멋대로였고 또 언제나 누군가를 사랑하고 있었다. 나는 그녀의 우정을 내가 선택했다기보다도 차라리 그녀의 우정을 받아들이고 있는 편이었다. 그녀는 나를 부서지기 쉬운 무방어無防禦의 인간처럼 여겼으며, 또 나는 그것이 기뻤다. 때로는 그녀가 희한하게 보이기까지 했다. 나의 무관심이 그녀의 눈에는 시적詩的인 것으로 나타났던 것이다. 그것은 베르트랑이 아주 갑작스런 격한 소유욕에 사로잡히기 이전에 그의 눈에도 오래도록 그와 같이 비쳤던 일이었다.

그날 카트린느는 한 사촌오빠에 대해서 열중해 있었다. 그녀는 나에게 그 순정담의 긴 이야기를 했다. 나는 그녀에게 베르트랑의 일가 집으로 점심을 먹으러 간다고 했다. 그리고 그 순간에 내가 뤽크 씨를 잠깐 잊고 있다는 것을 깨달았다. 나는 그것을 안타깝게 생각했다. 어째서 나에게도 역시 카트린느에게 들려줄 한정없는 순박한 사랑의 이야기가 없는 것일까? 그녀는 그것을 별로 놀랍게 여기지도 않았다. 우리는 이미 자기가 맡은 바 자기 역할에 너무나 굳어 있었던 것이다 그녀는 얘기하는 사람이고 나는 듣는 사람이고, 그녀가 충고하기 시작하면 나는 이미 듣고 있지 않았던 것이다.

그 방문은 나를 시들하게 했다. 나는 그다지 큰 감격도 없이 뤽크 씨 댁엘 갔다. 염증마저 느꼈다. 얘기를 해야 될 것이고 상냥하게 굴어야 될 것이고 남들이 보는 앞에서 의젓하게 굴어야 될 것이 아닌가. 나는 혼자서 점심 식사를 하고 싶었다. 겨자 단지를 양손 사이에서 돌리면서 멍하니, 멍하니, 아주 멍하니 앉아 있고 싶었다.

내가 뤽크 씨 댁에 도착하고 보니 베르트랑은 이미 와 있었다. 그는 나에게 그의 아저씨의 부인을 소개했다. 그녀는 얼굴에 그 어떤 꽃핀 듯한, 착한 사람의 아주 아름다운 그 무엇을 지니고 있었다. 키가 크고 약간 뚱뚱한데다 금발이었다. 어쨌든 아름다웠다. 그러나 도전적인 아름다움이 아니었다. 이런 종류의 여자가 많은 남자들이 갖고자 원하고 옆에 두고 싶어하는 타입이며, 남자들을 행복하게 해주는 유순한 여자의 타입이라고 나는 생각했다. 나는 유순한 여자일까? 그것은 베르트랑에게 물어야 할 일이다. 물론 나는 베르트랑의 손을 만졌을 테고, 고함을 치지 않았을 테고, 그의 머리를 쓰다듬어 주었을 것이다. 그야 내가 고함치기를 싫어했고 또 내 손이 따뜻하고 빽빽한, 짐승털 같은 그의 머리카락 만지기를 좋아했던 때문이었지만.

프랑스와즈는 아주 친절히 해주었다. 그녀는 나에게 사치스러운 그들의 아파트 안을 보여 주었고, 나에게 마실 것을 따라 주었으며, 마음을 쓰면서 나를 소파에 편안히 앉게 했다. 그래서 약간 낡은, 모양이 일그러진 스커트와 스웨터를 입은 나의 불편한 마음을 완화시켜 주었다. 우리는 아직도 일을 하느라고 돌아와 있지 않은 뤽크 씨를 기다렸다. 나는 뤽크 씨의 직업에 대해서 약간의 흥미를 지니고 있는 시늉을 해야 되겠다고 생각했다. 그것은 내가 결코 하려 들지 않는 일이었다. 나는 사람들에게 다음과 같이 묻고 싶기는 하다. "당신, 사랑을 하고 계신가요? 당신 무슨 책을 읽으시죠?" 하지만 나는 그들의 직업에 대해서는 무관심했다. 흔히 그것은 그들의 견지로 볼 때 가장 중요한 일이었건만…….

"당신 근심스런 표정인데요"하고 프랑스와즈가 미소 지으면서 말했다. "위스키라도 조금 더 드릴까요?"

"예, 주세요."

"도미니크는 벌써부터 술꾼이라는 정평을 받고 있어요. 웬지 아세요?" 하고 베르트랑이 말했다.

그는 벌떡 일어섰다. 그리고 점잖은 태도로 내 곁에 왔다.

"이 애 윗입술은 약간 짧거든요. 이 애가 눈을 감고 마실 때면, 스카치의 질하곤 상관없이 도취된 것 같은 표정을 주거든요."

그렇게 말하면서 베르트랑은 나의 윗입술을 엄지손가락과 검지손가락으로 붙잡았다. 그는 나를 마치 강아지처럼 프랑스와즈에게 보여 주었다. 나는 웃어댔고, 그래서 그는 나를 놓아 주었다. 뤽크 씨가 들어왔다.

그를 보았을 때, 나는 다시 또 한번, 그러나 이번에는 일종의 고통을 가지고서 그가 대단히 미남이라고 생각했다. 그것은 정말이지, 나에게 약간의 고통이었다. 내가 차지할 수 없는 다른 모든 물건과 마찬가지로 나는 어떤 경우 외에는 물건을 소유하고 싶어하지 않는 성미였다. 그러나 이때만은 곧바로 그의 얼굴을 내 두 손으로 꼭 누르고 손가락들로 죄어 주며 격하게, 그 두툼하고 좀 긴 입술을 내 입술에 갖다 대보고 싶었다. 그렇지만 뤽크 씨는 미남은 아니었다. 사람들은 그 뒤로 종종 나에게 그 얘기를 했다. 그러나 그의 얼굴 모습의 윤곽 탓인지 몰라도 두 번밖에 보지 못한 그의 얼굴 속에는 베르트랑의 얼굴보다도 나에게 천 배나 더 친숙한 데가 있었다. 천 배나 더 친숙한 데다가 베르트랑의 얼굴은 마음에 드는 얼굴이긴 하지만, 베르트랑의 얼굴보다 천 배는 더 욕망을 자아내게 하는 것이 바로 뤽크 씨의 얼굴이었다.

그는 우리들에게 인사를 하면서 방으로 들어오더니 의자에 앉았다. 그는 놀라운 부동不動을 가질 수 있었다. 내가 말하고 싶었던 것은, 그의 이 느릿한 동작 속에, 또 사람의 마음을 흔들어 놓는, 아무렇게나 꾸미지 않는 그의 육체 속에 자제自制된 절박한 그 무엇이 있었다는 것이다. 그는 프랑스와즈를 애정어린 눈으로 바라보고 있었다. 나는 그를 바라보고 있었다. 나는 우리가 무엇을 얘기했는지 이미 기억하지 못한다. 베르트랑과 프랑스와즈가 주로 얘기했다. 게다가 나는 그 초기 시절을 돌이켜 생각하려면 어떤 공포를 느낀다. 그 당시에는 조그만 조심이나 조그만 간격만으로도 나는 그로부터 피할 수가 있었던 것이다. 그 반면에 나는 그로 말미암아 내가 행복했던 최초의 일에 관해서 얘기하고 싶은 마음에 조바심친다. 이 최초의 순간에 관해서 서술하고 말의 무기력함을 한순간이나마 깨뜨려 보려는 생각만으로 나는 씁쓸하고 또 안타까운 행복감에 가득 찬다.

그러니까 뤽크 씨와 프랑스와즈를 동반한 그 점심 식사가 있고 난 다음에 거리로 나와 나는 당장에 뤽크 씨의 걸음에 발을 맞췄다. 뤽크 씨의 걸음은 좀 빨랐다. 그래서 나는 베르트랑의 걸음을 잊고 있었다. 뤽크 씨는 길을 횡단하면서 내 팔꿈치를 붙잡았다. 그것이 나를 거북하게 했다. 나는 그 일을 기억한다. 나는 팔꿈치로부터 앞부분을 어떻게 해야 할는지 몰랐다. 그 부분으로부터 앞쪽으로 주체스럽게 늘어뜨려진 나의

손 역시 어떻게 해야 좋을지 몰랐다. 마치 뤽크 씨의 손으로부터 앞부분의 내 팔은 죽은 것 같았다. 나는 베르트랑이 내 팔을 잡았을 때, 어떠했는지 이미 생각지 못한다. 조금 후에 프랑스와즈와 뤽크 씨는 우리를 양복점으로 데리고 가서 나에게 나도 모르는 사이에 다갈색의 나사지 외투를 한 벌 사주었다. 내가 놀라서 거절할 사이도 감사할 사이도 없었다. 이미 뤽크 씨가 함께 있기만 하면 그 무엇인가가 아주 속히 분주하게 진행되는 것이었다.

그리고 나서 시간은 혹은 급하게 또 혹은 느리게 다시 또 분分들이 가고, 시時들이 가고, 담배들이 있는 것이다.

베르트랑은 내가 그 외투를 받았다는 일로 화를 내고 있었다. 우리가 그와 헤어졌을 때 그는 나에게 마구 야단을 치면서 소란을 떨었다.

"이건 생각도 못 할 일이야. 어떤 자건 또 어떤 물건이건 너에게 선사만 하면 너는 거절하지 않을 테지! 너는 그다지 놀라지도 않으니까!"

"어떤 자라도 괜찮다는 건 아니지. 그건 너의 아저씨니까" 하고 나는 천연덕스레 대꾸했다. "그리고 어차피 그 외투는 내 힘으로 값을 치를 수가 없었어, 그건 엄청나게 비쌌으니까."

"너는 그 외투가 없어도 견딜 수 있잖아."

나에게 아주 잘 맞는 이 외투는 벌써 두 시간째 나에게 아주 길들여 있었기 때문에 이 마지막 말귀는 나를 약간 놀라게 했다. 베르트랑에게는 일종의 어떤 논리가 결여되어 있었다. 나는 그에게 그것을 말했고 우리는 말다툼을 했다. 결국에 그는 벌을 주듯이 저녁 식사를 하지 않고 나를 자기 집으로 데리고 갔다. 그 벌은 그에게 있어서 하루 중의 가장 강렬하고 가장 가치 있는 순간이었다는 것을 나는 알고 있었다. 그는 내 옆에 가로 누워서 일종의 존경심과 공포를 가지고 나에게 키스했다. 그것은 나를 감동시켰고 두렵게 했다. 나는 초기의 팔팔하던 쾌활성과 포옹의 젊고 동물적인 면을 더 좋아했다. 그러나 그가 내 위에 몸을 쭉 펴고서 초조하게 나를 구했을 때 나는 이와의 것은 다 잊어버렸다. 그것은 다시 또 그 베르트랑이었다. 그리고 그 극도의 불안과 쾌락으로 이어졌던 것이다. 오늘에, 아직까지 특히 오늘에 내가 나의 이치며, 나의 감정이며 그 밖의 내가 본질적이라고 부르지 않을 수 없는 것들을 생각할 때, 자신의 감정이 어떠하건 이 행복은, 이 육체에 의한 망각은 믿을 수 없는 선물과 같이 여겨지는 동시에 또 보잘것없는 것처럼 여겨진다.

제3장

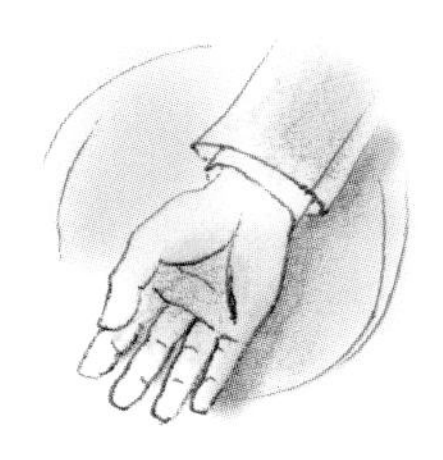

그 밖에도 또 다른 회식이 있었다. 우리 네 사람이었던 일도 있었고, 또 뤽크 씨의 친구들과 함께였던 일도 있었다. 얼마 후에 프랑스와즈가 한 열흘간 친구집에 갔다. 나는 그녀를 벌써 좋아하고 있었다. 그녀는 사람들에게 굉장히 마음을 쓰고 있었다. 그녀는 대단한 친절을 지녔으며, 그 친절 속에는 안심감이 있었다. 그리고 때로, 사람들을 이해하지 못하고 있는 것이 아닌가 하는 두려움을 지니는 그녀가 무엇보다도 내 마음에 들었다. 그녀는 대지와 같았다. 대지와 같이 안도감을 지니게 해 주었으며, 때로는 어린애 같았다. 뤽크 씨와 그녀는 함께 웃는 일이 많았다.

우리는 그녀를 리옹 역까지 배웅했다. 나는 예전보다는 겁에 질리는 일이 덜했으며, 거의 마음이 풀려 있었다. 그러니까 완전히 쾌활해진 것이다. 왜냐하면 내가 아직 무엇이라고도 이름 붙일 수 없었던 그 나의 권태를 전적으로 소멸시켜 버린

일, 그것이 나를 기분좋게 변화시킨 것이다. 나는 쾌활해졌으며, 또 때로는 익살스러워지기도 했다. 나에게는 이와 같은 상태가 영구히 계속되는 것처럼 여겨졌다. 나는 뤽크 씨의 얼굴에 익숙해졌으며 이따금 그가 나에게 주는 갑작스런 감동은 미학이거나 또는 애정의 영역에 속하는 것인 듯 여겨졌다. 기차의 문간에서 프랑스와즈가 미소짓고 있었다.

"저이를 당신들께 부탁해요" 하고 그녀가 말했다.

기차가 출발했다. 돌아오는 길에 베르트랑은 분개하는 구실을 준다는가 하는 그 무슨 정치-문학 신문이라고 하는 것을 산다고 하며 잠깐 멈춰 섰다. 그때 갑자기 뤽크 씨가 나를 돌아보면서 아주 빠른 목소리로 말했다.

"우리 내일 점심 식사 같이 할까?"

내가 "좋아요, 베르트랑에게 물어 볼께요" 하고 그에게 말하려 했을 때, 그는 내 말을 앞질러서 "내 전화할께" 하고는 우리들에게로 되돌아온 베르트랑을 돌아보면서,

"무슨 신문을 사는 거냐?" 했다.

"그 신문이 없었어요"하고 베르트랑은 말했다. "우리들, 지금부터 수업이 있어요. 도미니크, 급히 가야 할 것 같다."

그는 내 팔을 잡았다. 뤽크 씨도 나를 꽉 잡았다. 뤽크씨와 베르트랑은 서로 경계하는 눈초리로 바라보았다. 나는 당황한 채 어쩔 줄을 몰랐다. 프랑스와즈가 떠나자 모든 것이 불안해지고 불유쾌해졌다. 뤽크 씨가 표시한 이 최초의 관심을 나는 좋지 않은 추억으로써 간직한다. 왜냐하면 나는 이미 얘기한 바와 같이, 한눈을 팔지 않으려고 노력했기 때문이다. 나는 갑자기 나를 지켜 주는 성벽과 같은 프랑스와즈와 만나고 싶어졌다. 나는 우리가 형성하고 있는 이 사중주四重奏가 거짓 토대 위에 놓여 있었던 데 불과하다는 것을 깨달았다.

그리고 그 일은 나를 아연케 했다. 왜냐하면 쉽게 거짓말을 할 수 있는 사람들처럼 나는 분위기에 민감했으며, 그 속에서 성실히 자기 역役을 연기했기 때문이다.

"너희들을 데려다 줄께"하고 뤽크 씨가 대수롭지 않게 말했다.

그는 속력이 빠른 무개차無蓋車를 가지고 있었고, 운전을 잘했다. 차를 타고 가는 동안 우리는 한마디도 하지 않았다. 다만 헤어질 때 "근간 다시 또 만납시다"고 했을 뿐이다.

"프랑스와즈가 떠나서 나도 마음이 가뿐해졌다. 항상 똑같은 사람들만 보고 있을 수는 없는 법이니까"하고 베르트랑이 말했다.

이 말은 뤽크 씨를 우리들의 계획에서 제외하자는 것이었는데, 나는 그것을 베르트랑에게 주의하지 않았다. 나는 조심스러워졌다.

"그리고 말야" 하고 베르트랑이 계속했다. "그 사람들 어쨌든 좀 늙었단 말야. 안 그러니?"

나는 대답하지 않았다. 그리고 우리는 브렘므 교수의 에피쿠로스의 윤리학에 관한 강의를 들으러 갔다. 나는 잠깐 동안 그 강의를 들었다. 꼼짝도 않고서……. 뤽크 씨는 나와 단둘이서 식사를 하고 싶다고 한 것이었다. 이것이 분명이 행복이라고 하는 것이겠다. 나는 걸상 위에 손가락들을 벌렸다. 나는 억제할 수 없는 작은 미소가 입가에 번져 오는 것을 느꼈다. 나는 고개를 옆으로 돌리고 베르트랑이 그것을 못 보게 했다. 그것이 일분간 계속되었다. 그리고 나서 나는 자신에게 말했다. "우쭐하고 있구나. 당연한 일이지." 다리〔橋〕를 차단하고 잘라내어 출구를 막고 자기를 막아 내는 일이다. 나는 언제나 젊은 사람들 특유의 재빠른 반사 작용을 가지고 있었다.

그 이튿날, 나는 뤽크 씨와의 저녁 식사를 우스꽝스러운 것이 되게 하여, 별다른 결과가 없는 것이 되게 하리라고 마음에 정했다. 나는 그가 열띤 모습으로 나타나서 그 자리에서 나에게 사랑을 고백하리라고 상상했다. 그는 약간 늦게 도착했다, 좀 멍한 표정으로. 그래서 나는 예기하지 않았던 결과와 마주친 데 대해서 그가 약간의 동요를 보여 주었으면 하고 그것만을 기원했다. 그러나 그는 그와 같은 기색은 눈꼽만큼도 없었으며, 태연한 태도로 여러 가지 얘기를 편안스레 했기 때문에 마침내는 나도 그와 같은 기분을 나누어 갖기에 이르렀다. 뤽크 씨는 나를 아주 편안케 해주었고 조금도 지리한 생각을 갖게 하지 아니한 최초의 사람이었음이 분명하다.

그리고서 그는 저녁을 먹으면서 나에게 춤을 추러 가자고 제안했다. 그리고 나를 '소니이즈'로 데리고 갔다. 거기서 그는 몇 사람의 친구들을 만났고 그들은 우리 탁자로 와서 합쳤다. 나는 내가 바보였다는 사실과 한순간 그가 나와 단둘이서만 있고자 한다고 생각했던 일이 무척이나 우스운 일이란 사실을 생각했다.

나는 또한 우리들 탁자에 앉아 있는 부인들을 바라보면서 나에게 우아성과 번뜩이는 그 무엇이 없다는 일을 깨달았다. 결국 그런 연유로 내가 그날 온종일을 두고 그와 같이 되리라고 상상하고 있었던 운명의 소녀는, 한밤중쯤 되어서는 자기의 볼품없는 의복을 감추면서 베르트랑을 부르고 있는(베르트랑에게는 나는 아름다웠던 것이다) 구겨진 넝마뭉치에 불과한 존재로 바뀌었던 것이다.

뤽크 씨의 친구들은 라크아젤제에(간장약)에 관해서, 그리고 과음을 한 축제 다음날의 그 약효에 관해서 얘기하고 있었다. 이 세상에는 라크아젤제에를 먹고, 이튿날 아침에 자기들의 육체를 신기한 장난감처럼 느끼며 그것을 쾌락에 의해서 마모시키는, 그리고 열심히 치료하는 그런 부류의 사람들이 많았다. 나는 어쩌면 책이라든지 대화라든지 산보 따위들을 버리고 금전의 쾌락이나 경박한 쾌락, 또는 그 밖에 자기 자신을 열중케 하는 쾌락들 쪽에 정신팔리게 될 것인지도 모를 일이다. 그와 같은 수단을 가지고, 아름다운 물건이 되는 일, 뤽크 씨는 그와 같은 것들을 사랑하고 있는 것일까?

그가 웃으면서 내 편을 돌아다보았다. 그리고 나에게 춤을 추자고 했다. 그는 나를 다정스레 자기 팔에 편안하게 안고는 턱을 내 머리에 댔다. 우리는 춤추었다. 나는 내 몸에 바싹 붙어 선 그를 의식했다.

"저 사람들 귀찮지, 그렇지?"하고 그는 말했다.

"저 여자들 굉장히 지껄이지"하고.

"나는 진짜 카바레라는 건 몰랐어요. 그래서 좀 얼떨떨했어요"하고 내가 말했다.

그는 웃어댔다.

"도미니크, 당신 재미있는 사람인데, 나는 당신이 기분좋은 사람으로 느껴진단 말야. 어디 더 먼 데로 갑시다. 자, 가자구."

우리는 '소니이즈'를 떠났다. 뤽크 씨는 나를 마르뵈프 로路에 있는 한 바로 데리고 갔다. 그리고선 우리는 차분히 마시

기 시작했다. 나는 내가 위스키를 좋아한다는 것 이외에, 마신다는 일이 나를 약간이나마 이야기하게 하는 유일한 방법이란 것을 알고 있었다. 그리고는 얼마 안 가서 뤽크 씨가 편안한 기분을 주는 매력적인 남성이며, 도무지 무섭지 않은 느낌을 주는 사람으로 여겨졌다. 나는 그에게 대해서 허물 없는 애정까지도 느꼈다.

우리는 말할 것도 없이 사랑에 관해서 이야기하기에 이르렀다. 그는 나에게 말하기를 그것은 좋은 일이며, 사람들이 말하는 만큼 중대한 것은 아니지만 그러나 행복해지기 위해선 사랑받아야 되며, 또 자기 자신도 상당히 뜨겁게 사랑할 필요가 있다고 했다. 나는 고개를 끄덕였다. 그는 자기가 대단히 행복하노라고 말했다. 그것은 자기가 프랑스와즈를 대단히 사랑하고 또 그녀도 자기를 사랑하고 있기 때문이라고 했다. 나는 그를 축하해 주며, 프랑스와즈나 그가 대단히 좋은 사람들이기 때문에 그와 같은 소리를 들어도 조금도 이상스럽지 않다고 했다. 나는 감상적인 기분에 빠져들었다.

"그것은 그렇다 하고, 당신과 한번 연애를 할 수 있다면 참 근사하겠는데" 하고 뤽크 씨가 말했다.

나는 바보처럼 웃어댔다. 나는 내가 반응을 나타낼 만한 힘이 없다는 것을 깨달았다.

"프랑스와즈는 어떻게 하고요?"하고 내가 말했다.

"프랑스와즈? 나는 어쩌면 그 얘기를 그 사람한테 말할는지도 몰라. 그 사람은 당신도 알다시피 당신에게 호감을 가지고 있어요."

"그러니까 한층 더 하죠…… 그리고 말예요, 그런 일을 이와 같이 이야기하는 법이 아네요……" 하고 나는 말했다.

나는 화가 치밀었다. 끊임없이 어떤 상태로부터 또 다른 상태로 옮겨감으로써 마침내는 맥이 풀리고 말았다. 그래서 뤽크 씨가 나에게 그와 침대를 같이 하자고 제안한 일이 아주 자연스럽게 느껴지기도 했고, 동시에 아주 버릇없게 느껴지기도 했다.

"어떤 의미에 있어선"하고 뤽크 씨가 진지한 투로 말했다. "내가 말하고 싶은 것은, 우리들 사이에는 그 무엇이 있단 말이오. 사실 말이지, 내가 어린 처녀애들에게 흥미가 없다는 일쯤 누구나 다 아는 일이오. 그런데 우리들은 똑같은 성격을 지니고 있단 말이오. 결국 내가 말하고 싶은 것은 그와 같이 되었을 때, 그 일이 그다지 어리석지도 않을 테고, 그다지 통속스럽지도 않을 것이란 말이오. 그리고 그것은 아주 드문 일이오. 어쨌든 잘 생각해 봐요."

"그렇고말고요. 잘 생각해 보겠어요" 하고 내가 말했다.

나는 분명히 가련한 모습을 하고 있었을 것이다. 뤽크 씨는 나에게 허리를 굽혀 볼에 키스를 했다.

"가엾어라, 당신이 가엾어지는데. 만약에 당신에게 초보적인 도덕관이나마 얼마라도 있다면 좋겠는데. 그러나 당신은 나와 마찬가지로 그런 것을 지니지 않고 있지. 그리고 당신은 상냥하단 말야. 당신은 프랑스와즈를 좋아하고 있고 또 베르트랑하고 함께 있느니보다는 나하고 함께 있는 편이 덜 심심할 거야. 참말이지, 당신은 묘하게 됐구료!" 하고 그가 말했다.

그리고서 그는 웃음보를 터뜨렸다. 나는 불끈 화가 치밀었다. 그 이후로 나는 언제나 뤽크 씨가 소위 말하는 우리들의 시튜에이션의 요약이란 것을 시작할 때면 적지 않게 마음속에 회한이 서렸다. 그러나 그때만은 나도 그것을 얼굴에 드러냈다.

"괜찮아요"하고 그가 말했다. "이런 일이란 진짜로 중대할 것은 아무것도 없으니까. 나는 당신이 좋단 말야. 나는 당신이 좋아. 우리들은 둘이서 아주 유쾌해질 거야. 그저 유쾌할 따름일 거야."

"나는 당신 같은 사람 싫어요." 내가 말했다.

나는 무덤에서 나온 사람의 목소리 같은 투로 말했다. 그래서 우리들은 함께 웃어대고 말았다. 3분간에 마련된 이 공모관계共謀關係가 나에게는 수상쩍은 것으로 여겨졌다.

"이제는 너를 데려다 주겠다" 하고 뤽크 씨가 말했다. "날이 많이 저물었는걸. 그렇게 하든지 아니면, 네가 보고 싶다면 베르씨의 강둑에 가서 해돋이 구경을 할까?"

우리들은 베르씨 강둑까지 갔다. 뤽크 씨는 차를 세웠다. 세느 강 위의 하늘은 희고, 기중기起重機 사이에 가로 놓인 세느 강은 마치 장난감 사이에 앉아 있는 슬픈 어린애와 같았다.

하늘은 흰빛이기도 했고 또 회색이기도 했다. 하늘은 죽은 듯한 집들 위로 그리고 다리 위로 또 파쇠무더기 위로 서서히 집요하게 매일 아침의 그 노력을 거듭하며 새벽을 향해서 올라갔다. 내 곁에서 뤽크 씨는 아무 말 없이 그에게로 손을 내밀었다. 그는 내 손을 잡았다. 그리고 우리들은 내 하숙을 향해 천천히 돌아왔다. 대문 앞에서 그가 내 손을 놓았다. 나는 차에서 내렸다. 그리고 우리들은 서로 웃었다. 나는 내 침대 위에 쓰러져 버린 다음 옷을 벗어야 할 텐데 하는 생각, 양말을 벗어야 할 텐데 하는 생각, 옷을 옷걸이에 걸어야 하지 하는 생각을 하면서 잠이 들어 버렸다.

제4장

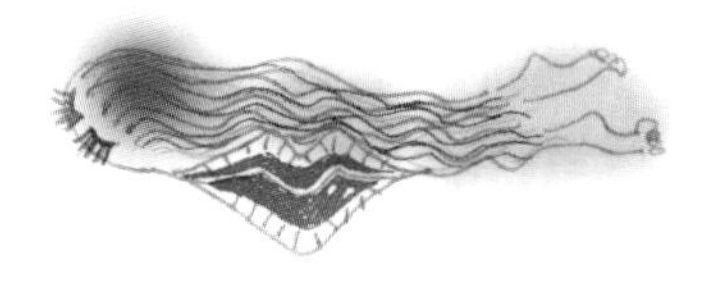

나는 해결해야 할 긴급한 문제가 있는 고통스러운 생각 속에서 잠이 깨었다. 왜냐하면 결국에 뤽크 씨가 나에게 제안한 일은 확실히 장난, 매혹적인 한 장난이었으나 그것은 내가 베르트랑에게 지니고 있던 상당히 견고한 감정을 무너뜨리고, 나의 내부에서 시금털털한 것을 그리고 내가 그것을 여하히 생각하건 일시적인 연애에 대해선 반대였던 것을 파괴하는 결과였기 때문이다. 사소하지만 뤽크 씨가 나에게 제안해 온 이 계획적인 바람기에 대해서 반대하는 따위의 짓을. 그리고 나는 모든 정열이며, 모든 상관 관계까지도 그것들이 단기간短期間의 것이라고밖에는 생각지 않고 있었는데, 나는 그것들이 본시부터 필수적인 것이라고 인정할 수가 없었다. 인생의 절반을 연극으로 보고 사는 모든 사람들과 마찬가지로 나도 또한 그 연극이 자기 식으로, 또 자기 혼자만에 의해서 씌어진 각본이 아니곤 견딜 수 없었던 것이다.

그뿐만 아니라 나는 그 장난을 잘 알고 있었다. 그 장난 — 이를테면 그 장난이 진짜로 장난이라 치더라도, 가령 진짜로 서로 좋아하고 있는 두 사람 사이에서 그것이 일시적인 바람기라 하더라도 상대방의 고독에 서로간에 하나의 균열龜裂을 엿볼 수 있는 두 사람의 인간 사이에 장난이 존재할 수 있다 하더라도 — 그 장난은 위험한 것이다. 내가 감당해 내지 못할 힘겨운 일을 하는 따위의 어리석은 짓은 하지 말아야 한다. 내가 뤽크 씨에게 '길들어 버리는' 날엔 프랑스와즈가 말하던 바와 마찬가지로 나도 뤽크 씨에게 완전히 감화되고 소유되어 버림으로써 고통 없이는 그로부터 떠날 수가 없으리라. 베르트랑으로 말하면 나를 사랑하는 일 이외엔 다른 아무런 일도 할 수 없는 사람이었다. 나는 베르트랑을 위해서 이 일을 애정을 다하여 자신에게 되풀이해 보았지만, 나는 뤽크 씨의 생각을 아니할 수가 없었다. 왜냐하면 요컨대 적어도 싫었을 때엔 장기간의 속임수에 불과한 인생에 있어서 무모한 일보다 더 절망적으로 바람직스럽게 보이는 일이란 없기 때문이다. 게다가 또 나는 지금까지 자기 자신이 결정한 일이라곤 결코 없었다. 나는 항상 남에게 선택당했던 것이다. 그런데 어째서 한 번 더 나를 되는 대로 내버려 둘 수 없겠는가? 뤽크 씨의 매력이 있을 것이고 날마다의 권태가 있을 것이며 밤들이 있으리라. 모든 것은 다 저절로 되게 마련이다. 그런 것들을 알려고 노력한다는 일은 무익하다.

평온한 체념을 지니고 나는 강의를 들으러 나갔다. 나는 베르트랑과 친구들을 다시 만났다. 우리들은 모두 함께 큐자스로로 점심을 먹으러 갔다. 그리고 이와 같은 일은 모두 일상적인 일이었건만 나에겐 그것들이 정상이 아닌 것으로 여겨졌다. 나의 진정한 거처는 뤽크 씨의 곁이다. 내가 그 일을 어슴푸레 느끼고 있을 때, 베르트랑의 친구 장 작크가 나의 몽상적인 모양에 대해서 비꼬는 말을 했다.

"야, 이건 정말 놀라운 일인데, 도미니크 네가 연애를 하다니 말이다! 그런데 베르트랑 너는 대체 어떻게 된 거냐? 이 몽상에 잠긴 아가씨를 클레브의 공작(라파이에트 부인의 소설 《클레브 공작부인》의 주인공) 부인으로 꾸밀 작정이냐?"

"나는 그런 건 도무지 모르는 일인데"하고 베르트랑이 태연하게 말했다.

나는 그를 바라보았다. 그는 얼굴을 붉히면서 나의 시선을 피했다. 그것은 사실 믿은 수 없는 일이었다. 일년째 계속되는 나의 짝이요, 나의 친구가 갑자기 이와 같이 적이 되다니! 나는 그에게 대해서 그 어떤 충동을 느꼈다. 나는 그에게 이렇게 말하고 싶었다. "베르트랑, 나 너한테 확실히 얘기하지만 괴로워해서는 안 돼. 그렇게 된다면 너무나 섭섭한 일이야. 나는 그렇게 되는 것을 좋아하지 않아." 어리석게도 나는 이런 얘기까지 덧붙이려고 하던 참이었다. "정말이지 뭐야, 생각해 보라구. 저 여름날들을, 저 겨울날들을, 그리고 너의 침실을. 그런 것들 전부가 단지 3주 동안에 파괴될 수는 없는 일이야. 그런 일은 온당치 않단 말야." 그리고 나는 그가 격렬히 그것을 긍정하고 나를 안심시키고 다시 또 나를 품속에 안아 주길 바랐던 것이다. 왜냐하면 그는 나를 사랑하고 있었다. 그러나

그는 아직 한 사람의 어른이 아니었다. 어떤 종류의 남자들에게서 그리고 뤽크 씨에게서 느껴지는 힘이 베르트랑이나 또는 아주 젊은 청년들에게서는 누구에게나 엿보이지 않았다. 그러면서도 그것은 경험만의 문제는 아니었다…….

"도미니크를 괴롭히지 마라"하고 카트린느가 언제나 하는 투의 명령조로 말했다.

"도미니크야, 이리와. 남자들은 모두 다 야만인이야, 우리 함께 커피나 마시러 가자. 응?"

밖으로 나와서 그녀는 나에게 그런 것은 별로 중대한 일이 아니라고 했다. 그리고 베르트랑은 나에게 굉장히 열중해 있으니까, 그런 따위의 언짢은 기분쯤 염려할 바가 못 된다고 했다. 나는 그 얘기에 반대치 않았다.

어쨌든 친구들에 대한 체면을 생각해서라도 그에게 수치를 끼치지 않는 것이 좋다고 생각했다. 나는 그들의 논의에 대해서, 소년 소녀들의 이야기에 대해서 사랑에 빠져 있노라 지칭하고 있는 그들의 유치한 장난이며, 그들의 비극에 대해서 역겨운 생각이 들었다. 그러나 거기엔 베르트랑이 있었고, 베르트랑의 고통이 있었고, 그리고 그것은 소홀히 여길 일이 아니었다. 모든 일이 얼마나 빨리 갔던가! 내가 잠깐 동안 베르트랑을 내버려 두었건만, 그들은 벌써 그 일을 가지고 이러쿵저러쿵하며 해석을 붙이고 한때의 머뭇거림에 불과했을 수도 있는 일을 가지고 나를 설레게 하고 일을 악화시킨 것이다

"너는 모른단 말야. 이건 베르트랑에 관한 문제가 아니란 말야"하고 나는 카트린느에게 말했다.

“그래?” 하고 그녀가 말했다.

내가 그녀 쪽을 바라보았을 때, 나는 그녀의 얼굴에서 가득 찬 호기심과 훈수꾼의 열광과 고십 광狂적인 표정들을 보았기 때문에 그만 웃음을 터뜨리고 말았다.

“나 수녀원 생각을 하고 있는 거야” 하고 나는 무겁게 말했다.

별로 놀라는 기색도 없이 카트린트는 그 일에 대해서 오랜 시간을 열심히 이야기했다. 인생의 기쁨에 대해서 그리고 작은 새들이니 또는 태양이니 하는 것들을 두고서 “당신이 버리고 가려 하는 그 모든 것들을 생각할 때 그 일이 얼마나 바보스러운 것이냐!”하고. 그녀는 또 목소리를 낮추어 가며 육체의 쾌락에 대해서 나에게 소곤거렸다. “어쨌든 그런 일도 중대하단 것을 인정해야만 할 거다.” 요컨대, 만약에 정말로 내가 종교에 몸 바치려 생각했다면, 그녀가 그려낸 그와 같은 인생의 쾌락은 나를 분명히 종교로 뛰어들게 했을 것이다. 어떤 사람에게 있어서 인생이 진정 ‘그런 것’일 수 있는 것인가? 권태를 느꼈다 해도 적으나마 나는 정열적으로 권태에 빠져 있으니까 말이다. 게다가 또 그녀는 아주 흔해 빠진 여자들끼리 서로 주고받는 고백담 따위를 늘어놓기 시작했기 때문에 나는 서슴없이 그녀를 인도 한복판에 떼어 놓고 와 버렸다. ‘카트린느도 역시 팽개쳐 버리고 말자. 카트린느와 그녀의 헌신성을’ 하고 나는 쾌활하게 생각했다. 나는 거의 잔인스레 콧노래를 불렀다.

나는 한 시간이나 산보를 하고, 가게를 여섯 개나 구경하고, 모든 사람들하고 거침없이 이야기를 했다. 나는 아주 자유로이 느꼈으며 또 아주 즐겁게 느꼈다. 파리가 나에게 소속되어 있는 것 같았다. 파리는 무궤도無軌道하고 경쾌한 사람들에게 소속되어 있었다. 나는 항상 그렇게 느끼고 있었지만 나에게는 그 경쾌성이 없었기 때문에 그것을 매정히 알았던 것이다. 그러나 오늘은 파리가 나의 도시였다. 아름다운 황금빛의 강렬한 나의 도시였다. 결코 남에게 속아 넘어가지 않는 도시였다. 나는 기쁨일는지도 모를 그 어떤 일 때문에 고양高揚되어 있었다. 나는 빠른 걸음으로 걸었다. 나는 안타까운 기다림의 중량을 몸 안에 느꼈다. 그리고 손목에서 두근거리는 피의 고동을 느꼈다. 나는 내가 젊다는 것을 느꼈다. 우스꽝스럽게 젊음을 느꼈다. 이와 같이 광적인 행복에 사로잡히는 순간에 나는 나의 슬픔들이 거듭되는 그 가련한 진실보다도 훨씬 더 확실한 진실로 가까워지고 있는 인상을 지녔던 것이다.

나는 낡은 영화를 상영하는 샹젤리제의 한 영화관으로 들어갔다. 한 청년이 내 옆에 와서 앉았다. 나는 단번에 그가 호감이 가는 인물이며 약간 금발일 것이라고 느끼고 있었다. 그런데 조금 있다가 그는 자기 팔꿈치를 나의 팔꿈치 쪽으로 뻗어 왔다. 그리고는 내 무릎 위로 조심스럽게 손을 내밀었다. 나는 그 손을 공중에서 붙잡았다. 그리고 두 손 안에 잡았다. 나는 웃고 싶었다. 초등학생과도 같은 그런 웃음으로 웃고 싶었다. 어두운 장내에서의 추잡한 남녀관계, 은밀한 포옹, 창피스러움, 그것이 무엇이란 말인가? 나는 내 손 안에 알지 못하는 한 젊은이의 뜨거운 손을 잡고 있다. 나는 이 젊은이와는

아무런 관계도 없는 것이다. 나는 웃고 싶은 기분이었다. 그는 내 손 안의 자기 손을 돌렸다. 그리고는 서서히 무릎을 내밀었다. 나는 일종의 호기심과 두려움과 그리고 자극성을 가지고 그가 그와 같이 하는 것을 지켜 보고 있었다. 그와 마찬가지로 나도 나의 자존심이 눈뜨게 되지 않는가 하고 두려워했다. 그리고 내가 곧이 나서 의자로부터 벌떡 일어서는 노부인이 되어 가는 것을 느꼈다.

나의 심장은 약간 뛰고 있었다. 그것은 마음의 동요 탓이었는지 영화 탓이었는지? 어쨌든 영화는 좋은 영화였다. 연인이 없는 사람들을 위해서 사람들은 신통치 않은 영화만을 상영하는 영화관을 만들 일이다. 옆의 젊은이는 질문하는 것 같은 얼굴을 내 편으로 돌렸다. 영화는 스웨덴의 영화였기 때문에 화면이 제법 밝았고, 또 나는 그 남자가 사실상 꽤 미남인 것을 알아차렸다. "꽤 미남인데. 하지만 내가 좋아하는 타입은 아니야" 하고 나는 생각했다. 그러는 동안에 그는 조심스레 얼굴을 내 얼굴 쪽으로 내밀었다. 나는 순간 뒤의 사람들이 우리를 어떻게 보겠는가 하고 생각했다. 그는 아주 키스를 잘했다. 그러나 동시에 자기의 무릎을 내밀고서 손을 앞으로 내밀었다. 그리고는 내가 지금까지 거부하지 않은 것을 기화로, 어리석게도 엉큼한 짓을 하려고 마구 더듬어댔다. 나는 일어섰다. 그리고 나왔다. 그는 도무지 이해할 수 없었다. 나는 입술 위에 낯선 입술의 맛을 느끼며 샹젤리제 거리로 다시 나왔다. 그리고 새 소설을 읽기 위해 집으로 돌아가리라 결심했다.

그것은 사르트르의 《철들 나이(L'Age de raison)》라는 아주 훌륭한 책이었다. 나는 그 책 속에 묻혀 버렸다. 나는 젊었다. 한 남자가 내 마음에 들었다. 또 다른 남자가 나를 사랑했다. 나는 흔히 있는 소녀의 대단찮은 번뇌의 결말을 비어야만 했다. 나는 한 사람의 여자 구실을 하기 시작한 것이다. 기혼 남자마저 존재하며 또 다른 한 사람의 부인도 있었다. 파리의 봄 속에, 아주 조그만 사중주四重奏의 장난이 시작되려 한 것이다. 나는 그 모든 것을 하나의 아름다운 냉담한 방정식方程式으로, 더없이 냉소적인 방정식으로 나타내려 했다. 게다가 또 나는 굉장히 기분이 편안했다. 나는 그 모든 것들, 닥쳐올 모든 슬픔들이며 그 번뇌들이며 쾌락들을 기다리고 있었던 것이다. 나는 그 모든 것들을 조소嘲笑와 함께 기다리고 있었던 것이다.

나는 책을 읽고 있었다. 해가 저물었다. 나는 책을 놓았다. 그리고 머리를 팔에 괴고서 적갈색에서 회색으로 바뀌어 가는 하늘을 바라보았다. 나는 갑자기 약하고 무방비 상태인 것을 느꼈다. 나의 인생은 흘러가고 있었다. 그런데 나는 아무것도 하지 않고 있었다. 나는 냉소하고 있었던 것이다. 내 볼 위에 누군가를, 나는 그 사람을 놓치지 않을 것이다. 그리고 나는 사람의 터질 것 같은 격렬성을 가지고 그 사람을 나에게 끌어안을 것이다. 나는 베르트랑을 시새울이만큼, 그렇게 냉소적이진 않았다. 그러나 모든 행복한 사랑, 모든 광란적인 해후邂逅, 모든 헌신적인 사랑을 시새움하리만큼 나는 그렇게 슬펐다. 나는 일어났다. 그리고 밖으로 나갔다.

제5장

그 뒤로 두 주일 동안 나는 여러 차례 뤽크 씨와 외출했다. 그러나 항상 그의 친구들과 함께였다. 대체로 그들은 여행가들이었으며 그들의 얘기나 얼굴 표정들이 마음에 들었다. 뤽크 씨는 우스꽝스럽게 빨리 말했으며 만족스레 나를 쳐다보았지만 그 멍한 모습이나 또는 동시에 그 성급한 태도를 그대로 지니고 있었기 때문에, 나는 언제나 그가 정말로 나에게 관심을 지니고 있는가 의심했다. 그는 나를 대문 앞까지 데려다 주고는, 차에서 내려서 돌아가기 전에 가볍게 내 뺨에 키스해 주었다. 그는 자기가 전에 얘기한 나에 대한 욕망에 대해서 더 이상 말하지 않았다. 그래서 나는 안심함과 동시에 실망을 느꼈다. 마침내 그는 나에게 프랑스와즈가 다음다음날 돌아온다고 알려 주었다. 나는 이 두 주일이 꿈처럼 지나갔으며 내가 공연히 부질없는 상상을 했다고 생각했다.

우리는 어느 날 아침 정거장으로 프랑스와즈를 마중나갔

다. 그러나 베르트랑은 빼놓고. 그는 한 열흘 동안 나에게 토라져 있었다. 나는 그 일을 유감스럽게 여겼지만 이 기회를 이용해서 내가 좋아하는 무위無爲와 나른한 생활을 홀로 보내고 있었다. 나는 그가 나를 만나지 못함으로써 불행하다는 것을 알고 있었기 때문에 그 일 때문에 나 자신을 진정으로 불행하게 여기지는 않았다.

프랑스와즈는 만면에 미소를 띄우고 나타났다. 우리들에게 키스를 하고선, 우리들의 안색이 좋지 않다고 외쳤다. 그렇지만 마침 잘됐다고 했다. 그것을 뤽크 씨의 누님, 그것은 베르트랑의 어머니였는데, 그 누님댁에서 주말을 보내도록 초대받았기 때문이라고 했다. 나는 내가 초대되어 있지 않다고 그 일을 반대했으며, 뿐만 아니라 베르트랑과 약간 틀어졌다고 했다. 뤽크 씨는 그의 누님한테 넌더리가 난다고 했다. 그러나 프랑스와즈가 모든 일을 잘 처리했다. 베르트랑이 그의 어머니께 나를 초대하도록 부탁케 했다. "틀림없이요"하고 프랑스와즈는 웃으면서 말했다. "이 다툼을 화해키 위해서예요" 하고 뤽크 씨로 보더라도 종종 친척들끼리 서로 왕래가 있어야 된다고 했다.

그녀는 웃으면서 나를 쳐다보았다. 나도 그녀의 친절에 어찌할 바를 모르며 그녀를 향해 웃었다. 그녀는 뚱뚱해진 것 같았지만, 따뜻하고 안도감을 주는 사람이기 때문에 나는 뤽크 씨와의 사이에 아무 일도 없었던 일, 그리고 우리 세 사람이 전과 마찬가지로 함께 즐거울 수 있는 일을 생각하고 아주 기뻤다. 나는 다시 또 베르트랑과 만나게 되었다.

그는 사실은 그다지 나를 짜증나게 하지 않았으며, 교양도 있었으며 아주 총명했다. 뤽크 씨와 나는 현명했던 것이다. 그런데도 나는 자동차에서 뤽크 씨와 프랑스와즈 사이에 앉으면서 한순간 마치 단념해 버린 사람을 쳐다보듯이 그를 쳐다보았다. 그리고 그것을 내 마음에 아주 불쾌하고 이상한 조그만 동요를 던져 주었다.

어느 아름다운 저녁이었다. 우리는 베르트랑의 어머니 집으로 가기 위해 파리를 떠났다. 나는 그녀가 남편이 남겨 준 아주 아름다운 별장을 가지고 있다는 사실을 알고 있었다. 그리고 나는 어디론가 주말을 보내러 간다고 하는, 지금까지 사용해 볼 기회가 없었던 이 말에 대한 일종의 멋에 만족스러웠다. 베르트랑은 자기 어머니가 대단히 친절한 사람이라고 나에게 설명해 주었다. 그 이야기를 하는데 그는 젊은이들이 그

들의 부모 얘기를 할 때 흔히 쓰는 그들의 진짜 인생은 딴 데 있다는 것을 나타내기 위한, 일부러 무관심한 체하는 그 표정을 썼다. 나는 면바지 판탈롱을 사느라고 지출을 했다. 카트린느의 바지는 나에게 너무 통이 넓었다. 이 지출 때문에 나는 주머니 사정이 별로 좋지 못했다. 그러나 나는 내가 아주 궁색해지면 뤽크 씨와 프랑스와즈가 나의 사정을 보아 주게 되리란 것을 알고 있었다. 나는 내가 그 일을 너무나 쉽게 인정하는데 대해서 스스로 놀라고 말았다. 그러나 자기 자신과 타협하는 모든 사람들과 같이, 나는 그 안이성을 자기측의 염치없음에 돌리지 아니하고 상대방의 관대한 마음가짐 탓으로 하고 있었다. 뿐만 아니라 남의 장점을 두둔하는 편이 자기의 결점을 인정하는 편보다 더 건강할 테니까.

뤽크 씨는 프랑스와즈와 함께 생 미셸로의 다방으로 우리를 데리러 왔다. 그는 또다시 피로한 듯싶었고 약간 슬픈 듯했다. 고속도로로 나오자 그는 거의 위험스러울 정도의 굉장한 속도로 차를 몰았다. 베르트랑은 공포에서 오는 일종의 천치 웃음에 사로잡혔다. 그리고 나도 얼마 안 가서 그 웃음에 가담되고 말았다. 프랑스와즈가 우리들의 웃음소리를 듣고서 뒤를 돌아다보았다. 그녀는 절대로 항의하는 일이 없는, 그것이 자기들의 생명에 관한 문제라 할지라도 항의하는 일이 없는 대단히 상냥한 사람처럼 당황한 기색을 하고 있었다.

"왜들 웃어요?"

"젊은 사람들이니까" 하고 뤽크 씨가 말했다. "스무 살 아닌가. 아직 헤프도록 웃음을 웃어댈 나이란 말야."

나는 무슨 까닭인지 몰랐지만 그 말이 마음에 거슬렸다. 나는 뤽크 씨가 베르트랑과 나를 한 쌍의 남녀로서 특히 어린이의 한 쌍으로 취급하는 일을 좋아하지 않았다.

"이건 안절부절 못해서 웃는 미치광이 웃음이에요"하고 내가 말했다. "당신이 속력을 너무 내시기 때문이란 말예요. 사람이 어디 마음을 놓을 수 있어야죠."

"나하고 함께 가보자. 내가 너에게 운전을 가르쳐 줄게."

그가 여러 사람들 앞에서 나에게 터놓고 너라고 말하기는 이번이 처음이었다(프랑스 어의 습관은, '너'의 칭호는 친근한 사이에 사용함). 이것은 분명히 말이 빗나간 실수였구나 하고 나는 생각했다. 프랑스와즈가 한순간 뤽크 씨를 바라보았다. 그러자 그 말이 빗나갔다는 생각이 나에게 우스꽝스럽게 여겨졌다. 나는 폭로시키는 따위의 실언이라든지, 시선의 엇갈림을 훔쳐 본다든지, 또는 전광적電光的인 직감 따위를 믿고 있지 않았다. 소설 속에서 항상 나를 놀라게 하는 말이 있었다. 즉 "그래서 당장에 그녀는, 그가 거짓말을 했다는 것을 알았다" 하는 것이다.

차가 목적지에 거의 다 왔을 때였다. 뤽크 씨는 갑자기 차를 좁은 길로 돌렸다. 그래서 나는 베르트랑 쪽으로 쏠리며 내던져졌다. 그는 나를 자기 편으로 다정하게 당겨 안았다. 그래서 나는 대단히 겸연쩍었다. 나는 뤽크 씨가 이와 같은 꼴을 본다는 일이 견딜 수 없었다. 그와 같은 일은 상스러운 일같이 여겨졌으며 사실 바보같은 생각이지만 뤽크 씨에 대해서 무례한 일이라고 생각됐다.

"당신은 작은 새와 같군요"하고 프랑스와즈가 나에게 말했다.

그녀는 뒤를 돌아다보며 우리를 바라보고 있었다. 그녀는 참으로 선량하고 점잖은 눈초리를 지니고 있었다. 그녀는 나이 먹은 부인들이 어린 한 쌍의 남녀를 보고서 흔히 하는 식으로 그런 공범의 찬성 표시를 하지는 않았다. 그녀는 단지 베르트랑의 품속에 안긴 내가 아주 잘 어울리고, 또 감동적이라는 것을 말하고 싶었던 듯하다.

나는 감동적인 상태에 있는 것을 꽤 좋아했다. 그것은 종종 나에게 믿는 일을, 생각하는 일을, 대답하는 일을 피하게 해주기 때문이었다.

"늙은 새죠. 난 늙은 것 같아요" 하고 내가 말했다.

"나도 마찬가지야. 그렇지만 내 편이 훨씬 더 그 표현에 적합하지"라고 프랑스와즈가 말했다.

뤽크 씨는 약간 웃으면서 그녀 쪽으로 고개를 돌렸다. 나는 갑자기 이런 생각이 들었다. '저 사람들은 사이가 좋구나. 그들은 아직도 함께 잘 것이 틀림없어. 뤽크 씨는 그녀 곁에서 잘 테고, 그녀 위에 길게 누워서 그녀를 사랑할 것이다. 그런데 뤽크 씨는 베르트랑이 나의 몸을 마음대로 차지하고 있다는 일을 생각할까? 그것을 상상할까? 내가 뤽크 씨에 대해서 질투하고 있듯이 그도 나에게 대해서 얼마쯤 질투하고 있을까?'

"자, 집에 왔다"하고 베르트랑이 말했다. "어렵쇼, 남의 자동차들이 와 있는데? 아무래도 어머니가 단골 친구들 중의 어떤 사람들을 초대한 모양이구나."

"그렇다면 우린 딴 곳으로 가자. 나는 친애하는 우리 누님의 손님들이라면 소름이 끼친다. 여기서 두어 발자국만 가면 깨끗한 호텔이 있는 곳을 알고 있으니까" 하고 뤽크 씨가 말했다.

"어머나, 그런 좋지 않은 생각은 이제 그만 하세요. 이 집이 얼마나 멋있어요. 그리고 도미니크는 이 집을 모르지 않아요. 자, 도미니크 어서 와요"하고 프랑스와즈가 말했다.

그녀는 내 손을 붙잡고 잔디로 둘러싸인 상당히 깨끗한 집 쪽으로 나를 데리고 갔다. 나는 그녀 뒤를 따라가면서 속으로 생각했다. 잘못했더라면 내가 그녀의 남편과 외도를 하고 아주 비열한 행동을 할 뻔했다는 일, 그렇지만 나는 그녀를 대단히 좋아하면서 그녀를 마음 아프게 할 거라면 차라리 그 어떤 일이라도 다른 짓을 하는 편이 좋을 것이라고. 물론 그녀는 그런 일을 모르고 있었을 테지만.

"마침내들 오셨군" 하는 날카로운 목소리가 들려왔다.

베르트랑의 어머니가 울타리 안에서 갑자기 나타났다. 나는 아직 그녀를 만난 일이 없었다. 그녀는 아들이 남의 집 처녀를 자기 어머니에게 소개할 경우에 흔히 보이는 그런 눈초리로 나를 힐끗 쳐다보았다.

나에게는 그녀가 무엇보다도 우선 금발이고 약간 소란스러운 사람으로 보였다. 당장에 그녀는 우리들 주변을 돌아다니면서 떠들어대기 시작했다. 나는 금방 넌더리가 났다. 뤽크 씨는 그녀를 마치 재앙처럼 바라보고 있었다. 베르트랑은 약간 난처한 모양이었다. 그래서 나는 상냥하게 할 수밖에 없었다. 마침내 나는 가슴을 쓸어 내리며 내 방으로 들어가게 되었다. 침대가 아주 높았고 홑이불은 까칠까칠한 것이 마치 내 어린 시절 때의 이불 같았다. 나는 살랑거리는 초록빛 나무들 위의 창문을 열었다. 그러자 젖은 흙과 풀냄새가 물씬 방 안으로 스며들었다.

"마음에 드니?" 하고 베르트랑이 물었다.

그는 겸연쩍어 하면서도 동시에 만족한 표정이었다. 그에게 있어선, 나를 데리고 자기 어머니 집에서 보내는 이 주말이 굉장히 중대하고 또 복잡한 그 무엇이 되리라 생각되었다. 나는 그에게 미소지었다.

"너의 집 참 좋다. 그리고 너의 어머니도. 난 잘 모르긴 하지만 친절하신 분인 거 같구."

"요컨대 과히 나쁘지 않다는 말이지? 게다가 나도 옆방에 있고 말이다."

그는 공범자 같은 웃음을 웃었기 때문에 나도 마찬가지로 웃었다. 나는 모르는 집들이며, 흑백의 타일이 깔린 욕실이며, 커다란 창문들이며 또 독선적인 청년들을 좋아한다. 베르트랑은 나를 끌어당기더니 내 입에다 나긋이 키스했다. 나는 그의 숨결을 알았다. 그리고 그의 키스 방법을 알았다. 나는 그에게 영화관에서 만난 남자 얘기는 하지 않았다. 그는 그것을 나쁘게 해석했을 것이다. 나도 역시 지금에 와서는 그것을 나쁘게 해석하고 있다. 그로부터 좀 경과하고 보니, 그것은 약간 수치스럽고 우스꽝스러운 동시에 또 혼탁한 그런 추억이며, 요컨대 기분 나쁜 추억이기 때문이다. 나는 어느날 오후 한나절을 괴상하고 자유분방한 여자로 있었지만 그러나 이제는 그렇지 않다.

"저녁 식사 하러 가자" 하고 나는 다시 또 나에게 키스하려고 구부리는 베르트랑에게 말했다. 그의 두 눈은 약간 충혈되어 있었다. 나는 그가 나를 요구하는 것을 좋아했다. 그리고 반면 나는 나를 좋아하지 않았다. 이런 타입의 계집애, 사람을 가리는 그리고 냉담한 그런 계집애, "나는 검은 심장과 흰 이빨을 가졌어요" 하는 타입의 계집애들이란, 나에겐 노신사들을 위한 연극과 같이 보이기 때문이다.

저녁식사는 아주 재미없었다. 거기엔 짐작했던 바와 같이 베르트랑의 어머니 친구들이 있었다. 수다스럽고 현대적인 척하는 한 쌍의 부부였다. 디저트 시간에 그 남편이라는 사람이, 이름은 리샤르라 하고 무슨 알지 못할 회사의 감사역이라나 하는 그 남편이 으레 하는 식의 정해진 어투로 말문을 열었다.

"그런데 말씀이요, 저 아가씨. 당신도 저 불길한 실존주의자들 중의 한 사람이오이까? 사실 말씀이요, 친애하는 마르트 — 그는 이번에는 베르트랑의 어머니에게 얘기하는 것이었다 — 그런 염세적인 젊은이들은 나에겐 이해가 안 가요. 우리들이 그맘때엔 말이요, 젠장, 우리는 인생을 사랑했었단 말이오! 우리들의 시대엔 말씀이요, 모두들 즐겼지요. 그리고 모두들 법석을 떠면서 난장판을 벌였지요. 하지만 아주 유쾌하게 말씀입니다. 정말이었습니다."

그 사람의 부인과 베르트랑의 어머니는 맞장구를 쳐가며 웃었다. 뤽크 씨는 하품을 하고 있었다. 베르트랑은 아무도 들을 것 같지 않는 한 연설을 생각하고 있었다. 프랑스와즈는 언제나와 마찬가지로 선의善意를 가지고 이 사람들이 어째서 이처럼 권태로운 것인가를 알려고 하는 빛이 역력했다. 그리고 나로 말하면, 불그스름한 백발의 노신사님들께서 '실존주의'라는 말의 뜻도 모르면서 크게 그것을 즐기시며, 그들의 선량하고 건전한 유머를 중얼거리며 나에게 부딪쳐 오기를 고대하고 있었다. 나는 대답하지 않았다.

"친애하는 리샤르 씨"하고 뤽크 씨가 말했다. "나는 생각하길, 당신들의 연배 — 용서하십쇼, 말하자면 저희 나이 또래 말입니다 — 그 연배가 되기 전엔 난장판을 치면서 바람을 피울 수는 없다고 봅니다. 젊은이들은 사랑을 하고 있습니다. 그도 역시 좋지 않습니까? 바람을 피우려면 비서나 사무실이 있어야만 한단 말입니다"하고.

인생 향락가는 대답하지 않았다. 그 다음부터의 나머지 식사 시간은 그럭저럭 큰 소란 없이 지냈으며 뤽크 씨와 나를 제외하고는 모두들 제나름대로 이야기들을 했다. 뤽크 씨만이 나와 마찬가지로 아주 지리해 하고 있었다. 그래서 나는 이 권태에 완전히 적응하지 못하는 성격 그것이 우리들의 최초의 공범共犯이 아닐까 하고 자문했다.

저녁 식사 후 날씨가 따스했기 때문에 우리는 테라스로 옮겨갔다. 베르트랑은 위스키를 찾으러 갔다. 뤽크 씨는 나에게 낮은 목소리로 너무 마시지 말라고 했다.

"마셔 봤자 나는 끄떡도 없을 거예요"하고 나는 기분이 상해서 대꾸했다.

"내가 질투를 일으킬까 봐 하는 소리지"하고 그는 대답했다. "나는 말야. 네가 나하고 함께 있을 때 말고는 취하거나 바보 같은 소리를 하거나 하지 말았으면 좋겠다구."

"그러면 함께 있을 때가 아닌 그 외 시간엔 어떻게 하고 있으란 거죠?"

"슬픈 얼굴을 하고 있으라구, 아까 저녁 식사 때처럼."

"그러면 당신은요"하고 나는 말했다. "당신 자신의 그 얼굴은 아주 즐거운 얼굴이었다고 생각하셔요?…… 당신은요, 옛날의 그 좋은 시대에 소속되어 있지 않으시단 말씀예요. 당신의 말씀하고는 반대란 말예요."

그는 웃어댔다.

"나하고 같이 정원이나 한 바퀴 돌러 가자구."

"어둠 속으로요? 베르트랑하고 또 다른 사람들은 어떻게 하고요……."

나는 머리가 뒤집혔다.

"그 사람들은 우리를 마음껏 지리하게 만들지 않았나, 자, 가자구."

그는 내 팔을 붙잡고 다른 사람들 쪽을 돌아다보았다. 베르트랑은 위스키를 가지러 가서 아직 돌아오지 않았다. 나는 베르트랑이 돌아오면 우리를 찾으러 올 것이라고, 그리고 우리를 나무 밑에서 찾아낼 것이라고 어슴푸레 생각했다. 그리고 어쩌면 뤽크 씨를 죽일는지도 모른다고, 《펠레아스와 멜리잔드》에서처럼 뤽크 씨를 죽일는지도 모른다고 어슴푸레 생각했다.

"이 아가씨를 센티멘털한 산보길로 데리고 갑니다"하고 그는 들으란 듯이 말했다.

나는 돌아다보지 않았다. 그러나 프랑스와즈의 웃음소리를 들었다. 뤽크 씨는 나를 오솔길로 데리고 갔다. 그 길은 입구가 자갈로 하얗게 보였으며 그것이 어둠 속으로 내뻗고 있었다. 나는 갑자기 무서워졌다. 나는 이욘느 강변에 있는 부모님 집으로 돌아가고 싶었다.

"난 무서워요"하며 뤽크 씨에게 말했다.

그는 웃지 않았다. 그리고 내 손을 잡았다. 나는 그가 언제나 이와 같았으면, 침묵으로 약간 무게 있게 감싸주고 또 다정했으면 하고 생각했다. 그는 나로부터 떨어지지 아니하고서 나에게 말하는 것이었다. 나를 사랑하고 있다고, 나를 애무하고 싶다고, 나를 자기 품속에 안고 싶다고. 그는 멈추어 섰다. 그리고 자기 팔 속에 나를 끌어안았다. 나는 두 눈을 감고서 그에게 기댔다. 이 순간 앞에서는, 최근 며칠 동안의 시간은

하나의 긴 도망에 불과했다. 내 얼굴을 들어올리는 이 손, 그리고 이 뜨겁고 다정한 입술, 내 입술에 너무나 잘 맞는 이 입술 앞에서 그는 양손 손가락들을 내 얼굴 위에 놓아 둔 채, 우리가 키스하는 동안 계속 그것들로 얼굴을 죄었다. 나는 두 팔을 그의 목에 걸었다. 나는 내가 무서웠다. 그가 무서웠다. 그 순간이 아닌 모든 것이 무서웠다.

나는 금방에 그의 입술이 아주 좋아졌다. 그는 한마디도 말을 하지 않고 다만 키스만을 계속했다. 가끔씩 숨을 다시 쉬기 위해서 머리를 들었을 뿐이다. 그럴 때면 나는 어둠 속에서 방심을 한, 그러면서도 동시에 긴장한, 마치 가면과 같은 그의 얼굴을 나의 얼굴 위에서 보는 것이었다. 그리고서 그 얼굴은 내 얼굴 위로 아주 서서히 다시 돌아오는 것이었다. 그러면 금세 또 나는 그의 얼굴을 분간하지 못하게 되고 나의 관자놀이며 나의 눈꺼풀이며 나의 목구멍을 뒤덮는 열기 밑에서 눈을 감아 버리는 것이었다. 그 무엇인가가 내 안에서 내가 알지 못했던 그 무엇, 그것은 욕망이 지니는 성급함으로 초조함은 없었지만 행복하고 느릿한 동요를 지닌 그 무엇이 싹트고 있었다.

뤽크 씨가 나로부터 떨어졌다. 그래서 나는 약간 비틀거렸다. 그는 나의 팔을 잡았다. 그리고 아무 말 없이 우리는 뜰을 한 바퀴 돌았다. 나는 다른 일은 아무 짓도 말고 새벽까지 키스만 하고 있었으면 좋았을 것을 하고 속으로 생각했다. 베르트랑은 키스에는 아주 속히 지쳐버리는 사람이었다. 즉, 욕망이 당장에 키스를 필요없는 것으로 만들어 버리는 것이었다.

그러니까 그와의 경우엔 키스가 쾌락으로 가는 단계에 불과했다. 그러니까 그것은 뤽크 씨가 나에게 맛보게 해준 따위, 충족된 미진未盡한 그 무엇이 아니었던 것이다.

"누님 집의 정원은 훌륭한데"하고 뤽크 씨는 그 누님에게 미소를 띠우며 말했다. "그런데 유감스럽게도 좀 시간이 늦었어"하고.

그러자 베르트랑이 냉랭하게 말했다. "언제고 너무 늦었던 일은 없을 텐데요."

그는 나를 응시했다. 나는 눈길을 돌렸다. 내가 하고 싶었던 일은 정원에서 보낸 그 순간을 다시 회상하고 이해하기 위해서 내 방의 어둠 속에 혼자 있고 싶은 일 그것이었다. 그러니까 나는 사람들이 이야기를 하고 있는 동안, 정원에서의 그 순간들을 저만큼 밀쳐 두고, 그저 건성으로 앉아 있으리라. 그래서 나는 그 추억을 지니고 침실에 올라가리라. 나는 제 활개를 펴고 반듯이 누워 눈을 뜬 채로 그 추억을 이리 뒤집고 저리 뒤집고 하면서 오래도록 검토한 다음, 그것을 파괴해 버리든지 또는 그것이 나에게 아주 중요한 그 무엇이 되도록 내버려 두든지 할 것이다. 그날 밤 나는 내 방문을 잠갔다. 그러나 베르트랑은 문을 두드리러 오지 않았다.

제6장

아침 나절은 서서히 지나갔다. 잠에서 눈을 뜨면서 대단히 기분이 좋았다. 아주 따사하고 어린 시절에 겪은 잠자리에서 깨어남과 같았다. 그러나 여느때와 같은 태양 밑에서의 긴 하루, 고독하고 독서가 많은 하루가 나를 기다리고 있는 것은 아니었다. 나를 기다리고 있는 것은 '타인들' 이었다. 타인들, 그 사람들에 대해서 나는 내가 연기해야 할 역할이 있었다. 내가 책임져야 할 역할이 있었다. 이 책임, 이 활동은 무엇보다도 먼저 나를 숨막히게 하고 목죄게 했다. 그래서 나는 육체적인 불쾌감에 사로잡히는 듯한 느낌 때문에 다시 또 베개 속에 머리를 묻었다. 그리고서 나는 간밤의 일을, 뤽크 씨의 키스 생각을 했다. 내 속에서 그 무엇인가가 감미로이 찢어져 갔다.

목욕탕은 아주 훌륭했다. 일단 탕 속에 들어간 나는 쾌활하게 노래하기 시작했다. "이제 와선 결심을 하는 일, 결심을 하는 일이 문제죠"하고 재즈 곡으로 노래하기 시작했다. 누군가가 요란스레 간막이를 두드렸다.

"선량한 사람들을 잠자게 놔둘 수 없겠소?"

그것은 뤽크 씨의 목소리였다. 즐거운 뤽크 씨의 목소리였다. 만약에 내가 십 년만 더 빨리 출생했더라면 프랑스와즈보다 앞서서 우리는 함께 살 수 있었을 것이다. 그리고 그는 내가 아침에 노래하는 것을 웃으면서 말렸을 것이다. 또 우리는 같이 잠을 잤을 것이다.

우리는 아주 오래도록 행복할 수 있었을 것이다. 지금 우리가 이처럼 막다른 골목에서 우리 자신을 발견케 되는 대신에, 왜냐하면 이것은 분명히 하나의 막다른 골목인 것이다. 그리고 어쩌면, 그 때문에 우리들은 이 권태로운 무관심에도 불구하고 그 속으로 돌진해 들어가지 못했던 것이었으리라. 거기로부터 도망쳐야만 했고 가버려야만 했던 것이었다. 나는 목욕탕에서 나왔다. 나는 시골 냄새가 나는 까실까실한 가운데 몸을 감싸면서 자신에게 말하는 것이었다. '상식이란, 일이 잘 되고 못 되고 간에 되어 가는 대로 내버려 두는 일이다. 분석만 해서는 안 된다. 평온히 있어야 하며 용기를 지닐 일이다.' 나는 자신이 믿지도 않는 일을 중얼거리고 있었다.

나는 내가 산 면으로 된 판탈롱을 입어 보면서 거울 속의 나를 바라보았다. 나는 자신의 마음에 들지 않았다. 머리 모양도 나빴고 얼굴은 뾰족한데다 가련한 모습을 하고 있었다. 나는 남자들을 괴롭게 만드는 타입의 처녀들이 지난 그 진한 눈동자와 머리를 땋아내린 얼굴, 그러면서도 엄격하고 또 동시

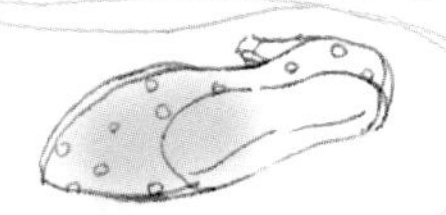

에 육감적인 얼굴을 갖고 싶었던 것이다. 머리를 뒤로 젖히면, 나도 어쩌면 육감적인 모습으로 보일는지도 모르지만, 그러나 어떤 여자고 그와 같은 모양을 했을 땐 그와 같이 보이는 법이 아닌가? 그리고 또 이 판탈롱은 이상스러웠다. 내가 너무나 가느다란 모양으로 보였다. 나는 도저히 이와 같은 모양으로 내려갈 용기가 없었다. 그것은 내가 잘 알고 있는 절망의 한 형태였다. 이런 경우 나는 내 자신의 모습이 대단히 못마땅하기 때문에 외출을 해야지 하고 정하는 날이면 온종일 그 일로 기분이 언짢았다.

그러나 프랑스와즈가 들어와서 모든 것을 잘 꾸려 주었다.

"도미니크, 당신은 어쩌면 이렇게 귀여울까! 당신은 더 젊고, 더 발랄해 보이는데요. 당신은 나에게 후회하게 해요."

그녀는 내 침대 위에 앉아서 거울 속을 들여다보았다.

"어째서 후회하죠?"

그녀는 나를 바라보지도 않은 채 대답했다.

"나는 과자를 좋아한다는 구실로 과자를 너무 먹어요. 그래서 이 주름이 생겼어요, 여기."

그녀의 눈가에 꽤 심한 주름이 있었다. 나는 거기에 내 검지 손가락을 놓으면서 다정스레 말했다.

"어머, 나는 그것이 멋있게 보이는데요. 이 두 개의 작은 주름을 만들게 한, 당신이 겪은 모든 밤들이며, 모든 나라들이며, 모든 얼굴들…… 이편이 더 나아요. 그리고 또 이것은 싱그러운 표정을 주어요. 그리고 또 뭐라고 할까요. 나는, 나는 이편이 예쁘다고 생각해요. 표정이 있고 사람을 동요시키는

아름다움이 있다고 봐요. 나는 매끄러운 얼굴은 싫어요."

그녀는 웃음보를 터뜨렸다.

"나를 위로해 주기 위해서 당신은 미장원을 파산시켜 버리고 말겠네요. 당신은 정말 마음씨 고운 도미니크야, 참말로 착한 사람이야."

나는 마음이 꺼림칙했다.

"난 그렇게 착하지 못해요."

"기분 상했어요? 젊은 사람들은 착하다고 하면 싫어하죠. 하지만 당신은 절대로 기분나쁜 소리도 안 하고, 또 부당한 소리도 안 하니까요. 그리고 당신은 사람들과의 접촉도 좋고요. 그러니까 나는 당신을 완전하다고 보는 거예요."

"난 그렇지가 못해요."

나는 오랫동안 나에 관해서 이야기한 일이 없었다. 그러나 그것은, 내가 열일곱 살이 되기까지 굉장히 좋아한 스포츠였다. 그렇지만 나는 일종의 권태를 느끼고 있었다. 실상 나는 만약에 뤽크 씨가 나를 사랑하고 또 관심을 지니지 않았더라면 나 자신에게 관심을 지니며 나를 사랑할 수 없었을 것이다. 이 마지막 생각은 바보같은 생각이었다.

"난 허풍스러워요"하고 나는 큰소리로 말했다.

"그리고 굉장히 무관심한 상태로 보이는데"하고 프랑스와즈가 말했다.

"그야, 내가 좋아하지 않기 때문이죠"하고 나는 말했다.

그녀는 나를 바라보았다. 그 어떤 충동이 나를 엄습했다. 그녀에게 다음과 같이 말하고 싶었다. "프랑스와즈, 나는 뤽크 씨를 사랑하게 될는지도 몰라요. 그리고 당신도 굉장히 좋아해요. 뤽크 씨를 꼭 붙잡고, 그이를 어디로 데리고 가셔요." 하고.

"그런데 베르트랑하고는 정말로 끝난 것인가요?"

나는 어깨를 으쓱하고 들먹여 보였다.

"전 그 사람 더 이상 만나지 않아요. 그러니까 그 사람에게 관심이 없어요."

"그러면 그 이야기를 베르트랑에게 해야지 않을까?"

나는 대답하지 않았다. 베르트랑에게 무엇이라고 말한단 말인가! '난 이제 너를 더 이상 보고 싶지 않다' 할 것인가? 하지만 나는 그를 보고 싶다. 나는 그가 좋다. 프랑스와즈가 웃었다.

"알겠어요. 쉬운 일이란 아무것도 없는 법이죠. 아침 식사를 하러 갑시다. 내가 코마르텡 로에서 그 판탈롱하고 맞추어 입으면 희한할 것 같은 저지 윗도리를 보았어요. 우리 그것을 함께 보러 갑시다, 그리고……."

우리는 계단을 내려가면서 즐거이 화장 이야기를 했다. 이런 종류의 화제는 나를 열중케 하지 않았지만, 나는 그냥 이렇게 이야기하는 일이 좋았다. 그리고 아무 뜻없이 어떤 형용사를 구사하고, 그녀를 펄쩍 뛰게 하기 위해 또 웃기기 위해 일부러 틀린 소리를 했다. 아래층에선 뤽크 씨와 베르트랑이 식사를 하고 있었다. 그들은 수영에 관해서 이야기하고 있었다.

"우리 모두 풀장에 가시지 않겠어요?"

그것은 베르트랑의 얘기였다. 그는 자기가 뤽크 씨보다도 젊으니까 첫여름의 햇살을 보다 잘 견디어 내리라고 생각했을 것이다. 그러나 어쩌면 그와 같은 비열한 속셈은 없었는지도 모른다.

"그건 좋은 생각인데, 동시에 나는 도미니크에게 운전을 가르쳐 주어야겠군."

"그런 엉뚱한 짓 말아요, 그런 엉뚱한 짓 말아"하고 사치스러운 평상복을 입고서 방으로 들어오고 있던 베르트랑의 어머니가 말했다. "잘 잤어요? 그리고 너는, 우리 아가야!"

베르트랑은 어색한 표정을 했다. 그는 의젓한 표정을 취하려 했지만 아직 그와 같은 태도가 몸에 배지 않았다. 나는 그가 쾌활한 모습으로 있을 때가 좋다. 사람은 자기가 상해를 주는 사람이 쾌활한 모습으로 있는 편을 좋아하게 마련이다. 그 편이 덜 미안하니까.

뤽크 씨는 일어섰다. 그는 자기 누님의 존재에 견딜 수 없어 하는 표정이 역력했다. 그것이 나를 웃겼다. 나도 또한 일종의 육체적 혐오 같은 것을 그녀에게서 느꼈다. 그러나 나는 그것을 감출 수 밖에 없었다. 뤽크 씨에게는 어딘가 어린애 같은 그 무엇이 있었다.

"나, 이층에 가서 수영복 가져올게."

뒤범벅이 된 짐 속에서 저마다 자기 물건들을 찾기 시작했다. 마침내 우리들은 모두 다 준비가 되었다. 베르트랑은 어머니와 함께 그 친구들의 차를 탔다. 그리고 우리들 셋이 한자리에 타고 가게 되었다.

"운전해 보라구"하고 뤽크 씨가 말했다.

나는 아주 막연한 지식밖에는 없었지만, 그것으로 과히 나쁘지 않게 해냈다. 뤽크 씨는 내 곁에 앉아 위험한 것 따위는 의식하지 않았으며, 프랑스와즈는 뒤에 가 앉아서 이야기하고 있었다. 나는 새로이 그리고 그럴 수 있는 일에 대해서 강렬한 노스탤지어에 사로잡혔다. 내 곁에 있어 줄 뤽크 씨와의 긴 여행. 헤드라이트 불빛 아래 보이는 하얀 길. 뤽크 씨의 어깨에 매달린 나. 운전대에 앉은 뤽크 씨는 아주 믿음직하고, 굉장한 속력을 낼 것이다. 시골길의 새벽, 바닷가의 황혼…….

"말이죠, 난 아직 바다를 보지 못했어요……."

그 소리에 모두들 소리를 질렀다.

"내가 보여 주지." 뤽크 씨가 부드럽게 말했다.

그리고는 내 편으로 고개를 돌리며 그는 미소지었다. 그것은 마치 약속과 같았다. 프랑스와즈와는 그 소리를 듣지 못했다. 그녀는 계속했다.

"다음 번에 우리들이 갈 때 도미니크를 데리고 가요, 예? 뤽크, 도미니크가 틀림없이 말할 거예요. 누가 한 소린진 모르지만 '물도 참 많다. 물도 많아' 한 그 사람의 그 말처럼."

"나는 아마 수영부터 시작할 거예요. 그리고 나서 얘기할 거예요" 하고 내가 말했다.

"알고 있지만, 바다는 정말이지 참 아름답지요. 해변은 노랗고, 붉은 바위들이 있고, 그 위로 밀려오는 저 온통 푸른 물……" 하고 프랑스와즈가 말했다.

"당신 설명이 멋있는데" 하고 뤽크 씨가 웃으면서 말했다. "노랑, 파랑, 분홍 마치 여학생 같은데. 물론 어린 여학생 말야" 하고 그는 내 편으로 몸을 돌리면서 변명하는 투로 덧붙였다. "늙은 여학생들도 있으니까 말야, 아주 대단히 박식한 것이 말야. 왼쪽으로 돌라구, 도미니크, 할 수만 있다면……."

나는 왼쪽으로 돌 수가 있었다. 우리는 잔디밭 위에 도착했다. 그 잔디밭 한복판에 연한 푸른색의 물이 가득찬 커다란 풀장이 있었다. 그리고 그 물은 들어가기도 전부터 나에게 한기를 주었다.

우리는 곧바로 수영복 차림을 하고 풀장 주변으로 모였다. 나는 뤽크 씨가 탈의실에서 나왔을 때 만났다. 그는 기분이 좋지 않는 표정이었다. 나는 그에게 그 까닭을 물었다. 그랬더니 그는 나에게 좀 거북스러운 웃음을 지어 보이면서 대답했다.

"내 꼴이 별로 신통치 않아서 말야."

그는 아닌게 아니라 별로 멋있지 않았다. 키가 크고 마른데다 등이 약간 굽었고, 적지 않게 검은 편이었다. 그래서 그는 아주 불행스러운 표정이었으며, 수건을 아주 조심스러이 앞에다 늘어뜨리고 있어서 굉장히 '볼품없는 연배' 꼴을 하고 있는 표정이 나에게 측은한 생각을 불러일으켰다.

"괜찮아요, 괜찮아" 하고 나는 경쾌한 투로 되풀이했다. "말씀처럼 그렇게 흉하지도 않은데요 뭐!"

그는 나에게 거의 움찔한 듯싶은 표정의 눈초리를 힐끗 보내고서 다음에 웃음을 터뜨리고 말했다.

"이봐, 너는 나한테 대해서 이제는 존경심이 없어져 가고 있단 말야."

그렇게 말하고 나서 그는 달음질치기 시작했다. 그리고는 물 속으로 첨벙 뛰어들었다. 그러더니 당장에 비명을 지르며 수면 위로 떠올랐다. 프랑스와즈가 풀 둔덕에 와서 앉았다. 그녀는 옷을 입고 있을 때보다도 이렇게 하고 있을 때가 더 좋았다. 그녀는 마치 루브르 박물관의 조상彫像과 같은 모습이었다.

"물이 지독히 차다"하고 머리를 물 밖으로 내밀고서 뤽크 씨가 말했다. "5월에 수영을 하다니 미쳤지"하고서.

"4월에는 실 한 오라기도 몸에서 벗지 마라. 5월이 되거든 네가 하고 싶은 대로 해라"(프랑스의 속담)하고 베르트랑의 어머니가 점잔을 떨며 얘기했다.

그러나 발 끝으로 물을 스쳐보고 나더니 그녀는 다시 옷을 입기 위해 가버렸다. 나는 풀장 주변의 이 흥분된 흰둥이들의 무리를 바라보았다. 나는 감미로운 기쁨에 젖어드는 자신을 느끼며, 동시에 여느때의 '나는 여기서 대체 무엇을 하고 있는 것일까?' 하는 생각에 젖어드는 것을 느꼈다.

"수영할래?"하고 베르트랑이 물었다.

그는 내 앞에 한 발은 들고 한 발로 서 있었다. 그리고 나는 승낙의 눈초리로 그를 쳐다보았다. 나는 그가 매일 아침 아령을 하고 있다는 것을 안다. 우리는 언젠가 한번 주말을 함께 지낸 일이 있었다. 그리고 그는 내가 반수상태半睡狀態에 있는 것을 깊이 잠든 것으로 알고 새벽녘에 창 앞에서 여러 가지 체조를 했다. 그것은 나를 큰소리로 웃게 한 것은 아니지만, 눈물이 나오도록 웃게 했다. 그러나 그 체조는 그에게 효과가 있었던 것 같다. 그는 건강하고 산뜻한 표정을 지니고 있었다.

"우리들이 짙은 빛 피부색을 지니고 있어서 다행이다. 딴 사람들 좀 봐라"하고 그가 말했다.

"자, 물로 가자"하고 내가 말했다. 나는 그가 넌더리를 내고 있는 자기 어머니에 관해서 비평이라도 할까 걱정이 되어서 그랬던 것이다.

나는 아주 싫었지만 그래도 하는 수 없이 물로 들어갔다. 그리고는 체면상 풀을 한 바퀴 돌고서 덜덜 떨면서 밖으로 나왔다. 프랑스와즈가 수건으로 나를 마사지해 주었다. 나는 어째서 그녀에게 어린애가 없는 것일까 자문했다. 그녀는 아주 역력하리만큼 모체를 위해서 생긴 몸매였다. 그녀의 굵은 허리통이며, 풍만한 몸이며, 상냥한 태도 전부가 그랬다. 어린애가 없다는 것은 유감스러운 일이었다.

제7장

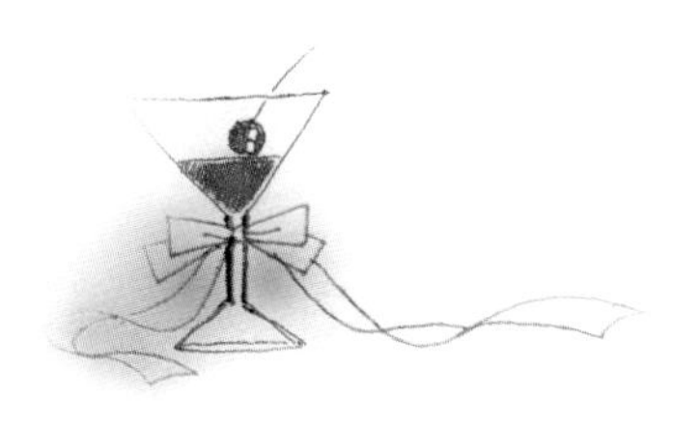

그 주말로부터 이틀 후에, 나는 뤽크 씨와 여섯 시에 만날 약속이 되어 있었다. 그 이후로 우리들 사이에는 숨가쁜 그 무엇이, 돌이킬 수 없는 그 무엇이 새로이 시도하려는 이 경박성 속에 존재하고 있는 듯싶었다. 나는 결국 17세기 처녀와 같이, 그에게 하나의 입맞춤에 대한 속죄를 요구할 마음의 준비가 되어 있었다.

우리는 볼테르 둑의 한 바에서 만나기로 약속을 했다. 놀랍게도 뤽크 씨는 벌써 거기에 와 있었다. 그는 안색이 몹시 나빴으며 피로한 기색이었다. 내가 그의 곁에 앉자, 그는 당장에 두 잔의 위스키를 주문했다. 그리고서 그는 베르트랑의 소식을 물었다.

"잘 있어요."

"괴로워하고 있나?"

그는 야유하는 투로 묻지는 않았지만, 그러나 조용히 물었다.

"왜 그가 괴로워해야 되죠?" 어리석게도 그만 나는 묻고 말았다.

"그 애는 바보가 아닌데."

"나는 어째서 당신이 나에게 베르트랑에 관해서 애기하시는지 모르겠어요. 그러니까…… 응……."

"그것은 제2의적第二義的인 문제란 말인가?"

이번에는 아이러니컬한 목소리로 물었다. 나는 초조해졌다.

"그건 제2의적인 문제는 아니죠. 그렇지만, 어쨌든 그건 그리 중요한 문제는 아녜요. 중대한 얘기를 하기로 한다면 차라리 프랑스와즈에 관해 얘기해야죠."

그는 웃음보를 터뜨렸다.

"이건 우습게 되었는데, 너도 알게 되겠지만 말이다. 이와 같은 사건에선 말이다. 그……결국, 상대방의 파트너가 자기 자신의 파트너보다도 더 중대한 장해로 보이는 법이야. 이런 소리 하기는 참 마음 내키지 않는 일이지만 사람이 누군가를 잘 알고 있을 때, 그 사람은 그 아는 사람의 괴로워하는 방법도 역시 잘 알게 마련이거든. 그리고 그편이 훨씬 더 견딜 만해 보이지. 아니, 알고 있는 편이 덜 두렵다는 얘기지."

"나는 베르트랑이 어떤 식으로 괴로워하는지 잘 모르는데요……."

"너는 그럴 시간을 갖지 않았으니까. 하지만 나는 결혼한 지 십 년이란 말야. 그러니까, 나는 프랑스와즈가 괴로워하는 것을 보았단 말야. 그건 아주 기분좋은 일이 아냐."

우리들은 한순간 꼼짝을 안 하고 가만히 있었다. 우리는 둘이 다 괴로워하고 있는 프랑스와즈를 상상하고 있었음이 분명했다. 내 머리 속에는 담에 기대서 있는 프랑스와즈가 떠올랐다.

"이건 어리석은 소리지만, 하지만 이건 내가 생각하고 있었던 것처럼 간단하진 않은데" 하고 뤽크 씨가 결국 말을 꺼냈다.

그는 위스키 잔을 붙잡고서 머리를 뒤로 젖히고 그것을 단숨에 마셔 버렸다. 나는 영화관에 간 것 같은 느낌이었다. 나는 자신에게 지금 내가 권외에 있을 때가 아니라는 것을 일러주려 했지만, 그런데도 나는 자신이 완전히 현실에서 벗어나 있는 것 같은 느낌이었다. 뤽크 씨가 거기에 있었다. 그는 결심하려 하고 있었다. 모든 것이 잘되어 가고 있었다.

그는 약간 앞으로 구부리고서 두 손으로 빈 컵을 잡고 컵 속에 있는 얼음을 규칙적으로 빙빙 돌리고 있었다. 그는 나를 보지 않은 채 얘기하고 있었다.

"물론 나에겐 여러 차례의 아방튀르가 있었지. 그리고 프랑스와즈는 거의 언제나 그것을 몰랐어. 몇 차례의 재수없던 경우를 제외하고선 말야. 그렇지만 정말로 진지했을 때는 한번도 없었다구."

그는 골이 난 사람의 태도처럼 벌떡 몸을 세우면서 다음과 같이 말했다.

"그리고 너에게 대해서도 역시 마찬가지야. 이건 그렇게 진지한 것이 아니란 말야. 아주 진지한 것이란 아무것도 없지. 프랑스와즈와 맞먹을 만한 것은 아무것도 없으니까."

나는 아무 괴로움 없이 그것을 들었다. 그 까닭을 알 수 없었다. 그것은 마치 나와 아무 관계도 없는 어떤 철학강의에 출석하고 있는 것 같은 느낌이었다.

"그런데 이번엔 달라. 처음엔 나는 너를 탐냈어. 나 같은 부류의 남자가 능청스럽고 완고하고 까다로운 처녀를 탐내듯이 말야. 내가 너에게 그 전에도 한 번 말했지. 나는 너를 길들여서 너와 함께 하룻밤을 지내고 싶었어. 이렇게 되리라곤 생각지 않았어……."

갑작스레 그는 나를 향해 몸을 돌렸다. 그리고 내 손을 붙잡고 다정하게 얘기했다. 나는 아주 가까이에서 그의 얼굴을 바라보았다. 나는 그의 얼굴의 모든 주름들까지 자세히 바라보았다. 그리고 그가 말하는 것을 열심히 들었다. 그제서야 겨우 나는 나의 주의력을 집중시킬 수 있었고, 자기 자신으로부터 해방될 수가 있었다. 마음속의 아무런 속삭임 없이.

"나는 너를 존경할 수 있으리라고는 생각지 않았단 말야. 그런데 나는 너를 굉장히 존경하게 되었어. 도미니크, 나는 네가 참 좋아. 나는 너를 어린애들 문자로 '진짜로' 사랑하는 일은 결코 없을 것이야. 그렇지만 우리들은 닮았단 말이다. 나는 단지 너와 함께 자고 싶을 뿐이 아니란 말야. 나는 너와 함께 살고 싶어. 여름 휴가때 너와 함께 어디고 떠나고 싶단 말야. 우리들은 대단히 행복할 테고 대단히 다정할 거야. 나는 너에게 바다를 가르쳐 줄 것이고, 또 돈을 가르쳐 줄 것이고, 어떤 형태의 자유를 가르쳐 줄 것이다. 우리들의 권태가 덮어질 수 있게 말이다. 자, 어때?"

"나도 그렇게 하고 싶어요" 하고 나는 말했다.

"그러고 나서 나는 프랑스와즈 곁으로 돌아갈 거야. 너에게 무슨 위험이 있는 거야. 네가 나에게 이끌리게 되고, 그 다음에 괴로워하는 일? 하지만 그게 뭐야? 권태에 잠겨 있는 일보다는 훨씬 낫지. 너는 아무것도 아닌 것보다는 행복하게 있는, 그리고 불행하게 있는 편이 더 좋겠지, 안 그래?"

"물론이죠." 하고 내가 말했다.

"너에게 무슨 위험이 있다는 거야?" 하고 뤽크 씨는 자기 자신을 납득시키듯이 다시 또 되풀이했다.

"그리고 또 괴로워한다 괴로워한다 하지만, 그렇게 과장할 건 하나도 없어요" 하고 내가 말했다. "나는 그렇게 고운 마음을 가진 사람이 아니니까요."

"좋아" 하고 뤽크 씨가 말했다. "두고 보기로 하자. 잘 생각해 보기로 하자구. 딴 이야기를 하자구. 한 잔 더 들래?"

우리는 서로의 건강을 축복하며 건배했다. 여기서 나에게 더 확실해진 것은 그것은 우리가 차를 타고 어쩌면 함께 어딘가 가게 되리란 일이었다. 그것은 내가 상상했던 일이고 또 불가능하게 여겼던 일이었다. 그리고서 나는 내가 그에게 애착을 느끼지 않게 적당히 요령을 피우리라. 미리부터 그 이상은 추진시키지 않을 것으로 알고 있으니까. 나는 그렇게 상식 없는 사람도 아니었다.

우리는 세느 강둑으로 산보를 하러 갔다. 뤽크 씨는 나와 함께 웃고 얘기하고 했다. 나도 역시 웃었다. 나는 자신에게 그와 함께 있을 때는 언제나 웃어야만 한다고 이야기하고 있었다. 그리고 나는 그렇게 할 수 있으리라는 생각이 들었다. "웃음은 사랑의 본의本義니라"고 알랭(프랑스의 모럴리스트. 〈어록語錄〉으로 유명하다. 1868~1951)은 말했다. 그러나 그것은 사랑의 문제가 아니었다. 단지 동의의 문제였다. 그리고 결국에 나는 꽤 자랑스러웠다. 뤽크 씨는 나를 생각하고 있었고, 나를 존경하고 있었고, 나를 탐내고 있었다. 그렇다면 나는 나를 약간 이상한 사람으로 존경할 수 있고, 탐낼 수 있는 사람으로 인정해도 괜찮을 것이다. 내 양심 속에 사는 소관리小官吏는, 내가 나 자신을 생각하게 되자마자 나에게 초라한 이미지를 제시했으며 그것은 너무나 엄격하고도 비관적悲觀的이었던 것이 아닌가 싶었다.

나는 뤽크 씨와 헤어진 후 어떤 바로 들어가서 저녁 식사를 하려고 떼어 두었던 4백 프랑을 가지고 위스키를 한 잔 더 마셨다. 10분쯤 지나니 나는 굉장히 기분이 좋아졌다. 나는 내가 상냥하고 선량하고 느낌이 좋다는 생각마저 들었다. 나는 이 기분좋은 때를 이용해서 누군가를 만나야만 될 일이다. 나는 내가 인생에서 알게 된 엄격한 일이며, 따사로운 일이며, 또 날카로운 일이며, 그 모든 것들을 그에게 얘기해야만 될 것이다. 나는 몇 시간이라도 이야기할 수 있을 것이다. 바 맨은 친절했지만 재미가 없었다. 그래서 나는 생작크 로의 카페로 갔다. 나는 거기서 베르트랑을 만났다. 그는 몇 장의 접시를 포개 놓고서(파리의 카페에서는 주문을 할 때마다 접시를 포개 놓고서 나중에 셈을 할 때 접시로 계산한다) 혼자 앉아 있었다. 나는 그의 곁으로 가서 앉았다. 그는 나를 만나서 반가운 표정이었다.

“지금 너를 생각하던 참이었다. ‘켄터키’에 재즈밴드의 새 악단이 왔어. 거기 갈래? 춤을 추지 않은 지 상당히 오래됐다.”

“한푼도 없는데.” 나는 가련하게 말했다.

“어머니가 전번에 만 프랑을 나에게 주었어. 우리 몇 잔 더 마시고 거기로 가자.”

“그렇지만 여덟 시밖에 안 됐는데”하고 나는 항의했다. “열 시가 되어야만 열지 않니?”

“몇 잔 더 마시지 뭐.” 베르트랑이 쾌활하게 말했다.

나는 몹시 기뻤다. 나는 베르트랑과 재즈의 빠른 스텝으로 춤추는 것을 아주 좋아했다. 카페의 자동 축음기 판이 재즈곡을 울리고, 그 멜로디가 내 발을 들먹이게 했다. 베르트랑이 술값을 치를 때, 나는 그가 적지 않게 마셨다는 것을 알았다. 그는 아주 쾌활했다. 어쨌든 그는 나의 최선의 친구였으며 나의 오빠였으며, 나는 그를 더없이 좋아해 왔다.

우리들은 열 시까지 대여섯 군데 바를 다녔다. 마감시간쯤에 우리는 완전히 취하고 말았다. 주책없이 쾌활했지만 센티멘털한 것은 아니었다. 우리가 ‘켄터키’에 도착했을 때 악단은 벌써 시작되고 있었다. 사람들이 거의 안 와서 트랙은 우리들뿐일 정도였다. 내가 예상했던 바와는 반대로 우리는 굉장히 잘 춤추었다. 우리는 굉장히 유연한 기분이었다. 나는 무엇보다도 이 음악을 좋아했고, 그 음악은 나에게 음악을 따르는 신체 전부의 기쁨을 주었다.

우리는 술을 마시기 위해서 자리로 돌아가는 이외엔 앉질 않았다.

"음악이란 것은 말이지"하고 나는 베르트랑에게 고백조로 말했다. "재즈 음악 같은 것은 가속도적인 무관심 상태라구."

그는 갑자기 상반신을 뒤로 젖혔다.

"그래, 바로 맞았어. 아주 정말 재미있다. 근사한 표현이야. 도미니크 만세!"

"그렇지?"하고 나는 말했다.

"'켄터키'의 위스키는 형편없지만, 음악만은 좋다. 음악 이퀄 무관심이다. 무슨 무관심이라고?"

"몰라 들어봐, 저 트럼펫, 저건 그저 무관심일 뿐이 아니라, 필연이란 말야. 그건 저 음표 끝까지 가야만 된단 말야. 너도 느꼈니? 필연적인 것, 그건 사랑과 같다니까. 알지, 육체적인 사랑 꼭 그래야만 하는 한순간이 있단 말야. 달리 될 수 없는, 그런……."

"바로 맞았어. 정말로 정말로 재미있다. 춤출래?"

우리는 그 밤을 마시는 일과 감탄사의 교환으로 지샜다. 결국에는 그것이 베르트랑의 얼굴과 발과 팔의 현기증이 되었다. 베르트랑이 나를 그로부터 아주 멀리 떠밀었는가 하면 또 음악이 나를 베르트랑 곁으로 다시 부딪치게 내던졌다. 그 믿기 어려운 열기와 그 믿기 어려운 우리 몸의 유연성…….

"문 닫는다. 네 시야"하고 베르트랑이 말했다.

"우리 집도 닫혀 있는데"하고 나는 주의를 환기시켰다.

"상관없어." 베르트랑이 말했다.

사실이지 그런 일은 상관없었다. 우리는 베르트랑 집으로 돌아가서 그의 침대에 누웠다. 겨우내 그랬듯이, 그날 밤 내가 내 위에 베르트랑의 체중을 느끼면서 우리가 함께 행복스러워진다는 일은 아주 당연한 일인 것이다.

제8장

나는 아침에 베르트랑에게 몸을 기대고 누워 있었다. 그리고 베르트랑은 내 허리에 자기 허리를 기대고 잠자고 있었다. 아직 이른 시간이었을 것이다. 그러나 나는 다시 잠들 수 없었다. 나는 나 자신에게 말했다. 나는 꿈나라 속에 깊이 잠겨 있는 베르트랑과 마찬가지로 이곳에 있는 것이 아니라고. 그것은, 마치 참된 나는 아주 먼 곳에 있는 것만 같았고, 교외의 집들이며 나무들이며 밭들이며 어린 시절이며 그런 것들 그 뒤쪽에, 조그만 길 그 끝에 꼼짝도 안 하고 있는 것이었다. 여기 이 잠자고 있는 남자 위에 구부리고 있는 이 처녀는, 마치 이 평온하고 냉혹한 이 나의 파리한 반영反影에 불과한 것만 같았다. 그뿐만 아니라 벌써 나는 살기 위해서 이와 같은 자기로부터 멀어지고 있었던 것이다. 나는, 영겁에 사는 나 자신보다도 나의 인생, 그 자체를 선택하려고 하듯이 그 영상을 조그만 길 끝, 어둠속에 내버려 두고 만 것이다. 마치 새들처럼 그 어깨 위에, 가능하고 또 거부된 모든 인생을 그대로 남겨 두고만 것이다.

나는 기지개를 켜고 옷을 입었다. 베르트랑은 잠에서 깨어나, 나에게 질문을 던지고는 하품을 하고서 손으로 자기 양볼과 턱을 문지르더니, 수염에 대해 투덜거렸다. 나는 그와 저녁에 만날 약속을 하고 공부를 하기 위해 내 방으로 돌아왔다. 그러나 허사였다. 더위가 지독한데다 정오가 다 되어 가고 있었다. 나는 뤽크 씨와 프랑스와즈와 함께 점심을 먹기로 되어 있었다. 단지 한 시간을 위해서 공부를 시작할 것도 없었다. 나는 담배 한 갑을 사기 위해서 다시 밖으로 나갔다. 그리고 돌아왔다. 담배 한 개비를 피웠다. 그 담배에 불을 붙이면서 나는 갑자기 내가 오늘 오전 중 내내 나의 평상시 행동을 단 한번도 하지 않았다는 것을 느꼈다. 여러 시간 동안, 지금까지 나의 습관으로 보존되어 온 막연한 그 본능이 한 번도 나타나지 않았던 것이다. 한 번도 단 한순간도 없었던 것이다. 그것을 어디에서 발견할 수가 있단 말인가? 나는 버스간 속의 그 신기한 인간적인 미소를 믿지 않았고, 또 거리에서 약동하는 인생도 믿지 않았다. 그리고 나는 베르트랑을 사랑하지 않았다. 나에게 누군가가 아니면 그 무엇인가가 필요했다. 나는 그 얘기를 담뱃불을 붙이면서 거의 커다란 목소리로 자신에게 말했다. '누군가를 아니면 무엇인가를' 하고. 그리고 그것은 나에게 우스꽝스럽게도 멜로드라마틱하게 여겨졌다. 이와 같이, 나도 카트린느처럼 주체하기 곤란하게 감상적인 순간들이 있었다. 나는 연애를 좋아했다. 그리고 연애로

부합되어 가는 말들을 좋아했다. '다정한, 잔인한, 감미로운, 믿음직한, 과격한' 하는 따위의 말들을. 그리고 나는 아무도 사랑하지 않았었다. 뤽크 씨, 그가 바로 목전에 있다면 어쩌면 그러나 나는 간밤 이후로 그를 생각할 용기가 없었다. 나는 내가 그를 생각할 때면 목구멍을 충만시키는 저 체념의 맛이 마음에 들지 않았다.

뤽크 씨와 프랑스와즈를 기다리고 있는 동안, 나는 이상스러운 현기증에 사로잡혀 급하게 세면장으로 갔다. 그것이 끝나고서 나는 머리를 들었다. 그리고 거울 속의 나를 바라보았다. 나는 날짜를 계산해 볼만한 여유가 있었다. '기어이' 하고 나는 큰소리로 말했다. '생기고 말았구나!' 이 악몽, 나는 여러 번 착각이었던 그 악몽을 체험했다. 그것이 다시 되풀이되고 있었다. 그러나 이번만은…… 어쩌면 간밤의 위스키 때문인지도 모를 일이다. 사실 아무것도 덤빌 것은 없다. 벌써 나는 거울 속의 자신을 호기심과 조롱이 뒤섞인 기분으로 쳐다보면서 완강히 마음속으로 얘기하고 있는 것이다. 어쩌면 나는 함정에 빠졌는지도 모른다. 나는 그 이야기를 프랑스와즈에게 말하리라. 나를 거기서 건져 줄 사람은 프랑스와즈밖에는 없다.

그러나 나는 그 이야기를 프랑스와즈에게 하지 않았다. 나는 그럴 용기가 없었다. 게다가 또 점심 식사에 뤽크 씨가 우리들에게 술을 마시게 했기 때문에 나는 조금쯤 잊을 수 있었으며 자신을 진정시킬 수 있었다. 그러나 뤽크 씨에 대해서 몹시 시기하고 있는 베르트랑이 나를 붙잡는 방법으로 이런 수

단을 이용한 것이 아닐는지? 나는 내 신체에서 모든 징후를 발견해 냈다.

그 점심식사 이튿날부터 이른 여름의 일주일이 시작되었다. 그건 생각지도 않았던 이른 여름 날씨의 일주일이었다. 나는 내 방 안이 어찌나 더운지 견딜 수 없을 지경이었으므로 거리로 쏘다녔다. 나는 카트린느에게 아무것도 고백치 않고 막연하게 그 해결책을 물어 보았다. 이제는 뤽크 씨나 프랑스와즈 같은 자유롭고 강한 사람들을 만나고 싶지가 않았다. 나는 짐승처럼 기분이 언짢았으며 때때로 신경질적인 웃음을 바보처럼 터뜨렸다. 계획도 없고 힘도 없었다. 주말이 되자 나는 분명히 베르트랑의 어린 애가 생긴 것이라고 생각하게 되었다. 그리고 나는 오히려 더 평온해졌다. 이제는 행동하여야만 되리라…….

그러나 시험 전날 나는 내가 잘못 알고 있었다는 것을, 그것이 하나의 악몽에 불과했다는 것을 알았다. 나는 안도의 웃음을 웃으면서 필기 시험을 치렀다. 나는 그 동안의 십일 간을 단지 그 일만을 생각하며 지냈다. 그러니까 나는 감격적으로 다른 날들을 다시 발견한 셈이다. 모든 것이 새롭게 가능해졌고 또 즐거워졌다. 프랑스와즈가 우연하게도 어느 날 내 방엘 올라와 보고서, 찌는 듯한 더위에 놀라 구두 시험 준비는 자기 집에서 하는 것이 어떠냐고 제안했다. 그래서 나는 겉창을 반쯤 닫은(여름햇살을 막기 위해 창 덧문을 반쯤 닫는 그들의 습관) 그들의 아파트의 하얀 양탄자 위에 혼자 앉아서 공부를 했다. 프랑스와즈는 다섯 시쯤 해서 돌아왔으며, 나에게 자기가 산 물건을 보이고서 내 시험 공부 내용에 대해서 별로 내키지 않는 질문을 하는 것이었다. 그리고 그것은 언제나 우스갯소리로 끝나곤 했다. 그러다가 뤽크 씨도 돌아오게 되고, 우리와 함께 웃는 것이었다. 우리는 테라스에서 저녁식사를 했고 그들은 나를 집까지 데려다 주었다.

그 일주일 동안에 꼭 하루를 뤽크 씨가 프랑스와즈보다 먼저 돌아왔다. 그리고 내가 공부하는 방으로 와서 내 옆에 무릎을 꿇고 앉았다. 그는 아무 말 없이 나를 껴안고 내 노트들 위에서 나에게 키스했다.

나는 그의 입술을 다시 발견한 것만 같았다. 마치 내가 그 입술밖에는 몰랐던 것처럼, 그리고 마치 내가 15일간을 그 일밖에는 생각지 아니했던 것처럼. 그리고서 그는 여름방학 동안 나에게 편지를 주마고 했다. 그리고 만약에 내가 그러고자 한다면, 어디서고 함께 만나서 한 주일을 지낼 수 있다고 했다. 그는 나의 목덜미를 애무하면서 나의 입술을 찾았다. 나는 밤이 올 때까지 그의 어깨 위에 그대로 매달려 있고 싶었다. 어쩌면, 속으로 우리가 서로 사랑하지 아니한 일을 은근히 한탄하면서…….

학년말이 끝났다.

제2부

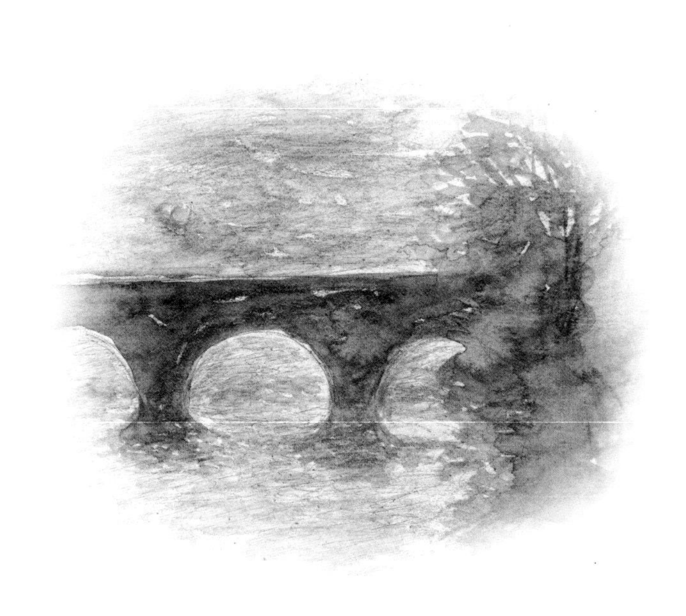

제1장

나의 고향 집은 길쭉하게 생긴 회색건물이었다. 초원草原이 갈대밭 속에 응고된 크림의 흐름과 같은 이욘느 강까지 내려오고 있었다. 제비들이 날고 포플러가 나부끼는 초록색의 무거운 이욘느강까지. 나는 그 포플러들 중에서 특히 좋아하는 한 나무가 있었다. 나는 그 나무 곁에서 길게 누워 있었다. 발은 그 나무 밑동에 걸치고 생각은 눈길이 닿는 저 꼭대기 바람에 살랑거리는 가지들 속에 방황하고 있었다. 대지에선 뜨거운 풀 냄새가 났고, 그것이 무력하다는 감각에 의해서 가중된 기나긴 기쁨을 나에게 불러일으키게 했다. 나는 이 경치를 비오는 속에서 느끼고 있었고, 여름날 속에서 알고 있었다. 나는 그 경치를 파리보다 먼저 알았고, 거리보다 먼저 알았고, 세느강보다, 남자들보다 먼저 알았다.

그 경치는 변하지 않고 있었다.

나의 시험은 기적적으로 통과되었다. 나는 책을 읽고는 집으로 식사를 하러 가기 위해서 서서히 언덕길을 다시 올라갔다. 나의 어머니는 15년 전에, 상당히 비극적인 상황 속에서 아들을 잃었다. 그 이후로 신경쇠약에 걸렸고, 뒤이어 집안마저도 그와 같은 분위기에 휩싸여 버리고 말았다. 집안에서는 슬픔이 일종의 신성한 것으로 간주되었다. 나의 아버지는 발끝으로 걸어다녔고, 어머니에게 걸쳐 주기 위해서 숄을 가지고 여기저기로 어머니를 따라 다녔다.

베르트랑은 나에게 편지를 보냈다. 그는 나에게 켄터키에 갔던 날의, 우리가 함께 지낸 마지막 밤에 대해서 이상하고도 모호한, 암시로 가득한 글을 보냈다. 그 편지에 의하면 그날 밤 그는 나에게 대해서 존경을 잃고 있었다는 것이었다. 그러나 나에게는 그가 여느때보다도 더 존경을 잃고 있었던 것 같지는 않았다. 그리고 그 관계에 대한 우리들의 관계는 아주 자연스럽고 만족스러운 것이었기 때문에, 나는 그가 무엇을 암시했는가를 오래도록 탐색했다. 그러나 허사였다. 그러다가 마침내 나는 그가 우리들 사이에서 중대한 공범共犯처럼 에로티시즘을 가져오려고 했다는 내용을 깨달았다. 그는 우리 두 사람을 묶어 매는 그 무엇을 찾고 있었다. 그는 나무에서 떨어지는 사람이 하듯이 가지에 매달려 보려고 했던 것이지만, 이번만은 그가 선택한 가지가 너무 얇은데 있었다. 나는 처음에는 우리들에게 있어서 가장 조화로운, 다시 말해서 가장 정결한 것을 그가 그와 같이 복잡하게 한데 대해서 화를 냈지만, 그러나 나는 어떤 경우에 있어선 사람이란 이미 알고 있는 평범성보다는 차라리 아무것이라도 좋으니깐 다른 것, 설령 그것이 최악의 것이라도 그편을 찾는 법이라는 것을 알았다. 그리고 그에게 있어선 이미 알고 있는 일이라든지 평범성 따위들은 내가 이미 그를 사랑하고 있지 않은 일 그것이었다. 뿐만 아니라, 나는 그가 애석해 하고 있는 것이 나라는 것, 우리가 아니라는 것을 알고 있었다. 왜냐하면 일 개월 전부터 '우리'는 이미 존재하지 않았다. 그리고 그것이 나를 한층 더 마음 아프게 했다.

이 달 중, 뤽크 씨로부터는 소식이 없었다. 단지 프랑스와즈로부터 친절한 우편엽서가 있었고, 거기에 뤽크 씨의 사인이 있었다. 나는 일종의 어리석은 자존심을 가지고, 나는 그를 사랑하지 않겠노라고 스스로에게 되풀이했다. 그 증거는 내가 그의 부재不在를 괴로워하지 않는다는 것이었다. 나는 그것이 완전히 확실하기 위해서는 내가 그를 사랑하지 않는다는 일로 모욕을 느껴야만 된다고, 그러니까 현재의 내가 있는 상태처럼 승리를 자랑하는 것이 아니라 부끄러움을 겪어야만 한다고는 생각지 않았던 것이다. 무엇이건 간에 이와 같은 복잡한 일이 나에게는 귀찮기만 했다. 나는 이성을 지니고 있었던 것이다.

그리고 또 나는 내가 굉장히 지리해질 것으로 여겨지는 우리 집이 좋았다. 나는 물론 지리했다. 그러나 즐거운 권태였지 부끄러운 권태는 아니었다. 파리에서 사람들과 함께 있을 때와 마찬가지로 말이다. 나는 모든 사람들에게 대단히 친절했으며, 또 조심스러워했으며, 내가 그와 같이 있는 일을 기뻐했다. 한 방 세간살이로부터 다른 방 세간살이로, 이들로부터 저

들로, 하루에서 또 다른 하루로 방황하는 일, 그리고 그 일밖에 할 일이 없다는 것은 그 얼마나 마음 편한 일인가! 꼼짝 않고 있노라면 얼굴과 몸 위의 일종의 현기증 같은 해무리가 서는 일, 여름방학이 끝나기를 여유있게 기다린다는 일, 독서, 여름 방학은 하나의 뿌옇고 노란 거대한 반점이었다.

마침내 뤽크 씨의 편지가 왔다. 그는 9월 22일에 아비뇽에 있겠노라고 써보냈다. 거기서 나를 아니면 나의 편지를 기다리겠노라고 했다. 나는 급작스레 나 스스로 그곳에 가리라 결정했다. 그러자 지난 한 달이 단순성의 극치였던 것처럼 여겨졌다. 그런데 이것은 정말이지 뤽크 씨 다웠다. 이 천연덕스러운 말투, 우스꽝스럽고도 의외스러운 아비뇽, 언뜻 보기에 아무렇지도 않은 편지. 나는 거짓말을 꾸미기로 하고, 카트린느에게 가짜 초대장을 보내 달라는 편지를 썼다. 카트린느는 부탁한 초대장과 동시에 또 한 장의 다른 편지를 보내 왔다. 그리고 그 편지에 그녀는 놀랐다는 사연과 베르트랑이 코트(코트 다쥐르, 프랑스 남부 지중해연안의 휴양지)에 그룹으로 가 있는데, 내가 대체 누구와 만나러 갈 것이냐고 했다. 카트린느에게 대해서 내가 고백하지 않고 숨긴 일은 그녀의 기분을 언짢게 한 것 같았다. 그녀는 아무런 이유도 성립되지 않는다고 본 것 같았다. 나는 그녀에게 감사의 편지를 한마디 쓰고, 만약에 그녀가 베르트랑을 괴롭혀 주고 싶다면 내 편지 얘기를 그에게 이야기하면 되는 것이라고 간단히 적어 보냈다. 그랬더니 그녀는 그대로 했다. 물론 베르트랑에 대한 우정 탓이었으리라.

9월 21일, 가벼운 짐을 꾸려 가지고 나는 코트 다쥐르로 가

는 도중에 있는 아비뇽 행 기차를 탔다. 부모님들이 정거장까지 나를 전송해 주었다. 나는 이유 모를 눈물이 두 눈에 글썽이면서 부모님을 떠났다. 나에게는 난생 처음으로 내 유년시절과 내 가정적인 보호를 버리고서 떠나는 것만 같았다. 나는 미리부터 아비뇽을 증오했다.

뤽크 씨의 침묵에 뒤따르는 그 담담한 편지로부터 나는 그에 대한 이미지를 상당히 초연하게 또 엄격하게 내 내부에 형성하고 있었다. 그래서 나는 아비뇽에 거의 조심스러운 마음으로 도착했다. 사랑의 랑데부라고 하는데, 어쩐지 마음이 편안치 못한 정신 상태였다. 나는 뤽크 씨가 나를 사랑하기 때문에 그와 함께 떠나는 것도 아니며, 또 내가 그를 사랑하기 때문에 그와 함께 떠나는 것도 아니다. 우리는 똑같은 말을 나누고, 또 우리가 서로 마음이 있어 하기 때문에 나는 그와 함께 떠나는 것이다. 그 일을 숙고해 보면 이와 같은 이유들은 대단치 않게 여겨졌고 또 이 여행이 무서워지기도 했다.

그러나 뤽크 씨는 다시 한 번 더 나를 놀라게 했다. 그는 근심스런 표정을 하고 정거장 플랫폼에 나와 있었다. 그리고 나를 보더니 굉장히 좋아했다. 내가 기차에서 내리자 그는 나를 껴안고 가벼운 키스를 했다.

"안색이 아주 좋은데. 이렇게 와주어서 정말이지 즐거워."

"당신도 안색이 좋아요" 하고 나는 그의 안색을 암시하면서 말했다. 분명히 그는 햇빛에 탄데다 야위어 있었고, 파리에 있을 때보다 훨씬 더 깔끔했다.

"아비뇽에 머물러 있을 이유는 아무것도 없지. 그렇지, 바다를 보러가자. 또 우리는 그 때문에 왔으니까 뒷일은 그때 가서 정하기로 하지."

그의 자동차는 정거장 앞에 있었다. 그가 내 가방을 차 뒤편에 내던지고 난 뒤 우리는 출발했다. 나는 완전히 기진해 가지고 반대 의미로 약간 실망하고 있었다. 나는 그를 이렇게 매력적이라고도 또 이렇게 쾌활하다고도 생각하지 않았었다.

큰길은 아름다웠다. 플라타너스가 죽 늘어서 있었다.

뤽크 씨는 담배를 피워 물었고 우리는 차의 포장을 벗기고 태양 밑을 달렸다. 나는 자신에게 말했다. '자, 나는 여기 와 있다. 이제부터다.' 그러나 그것은 나에게 아무런 감흥도 돋우지 않았다, 아무런 감흥도. 나는 포플러 나무 밑에서 책을 읽고 있을 때나 마찬가지였다. 사건에 대한 일종의 부재不在가 마침내는 나를 유쾌하게 만들었다. 나는 뤽크 씨를 향하여 돌아보면서 담배 한 개를 청했다. 그는 미소를 지었다.

"좀 괜찮아졌나?"

나는 웃었다.

"예, 괜찮아졌어요. 아, 당신하고 무엇을 하고 있는 것인가 그것을 잠깐 생각하고 있었던 참이에요. 그뿐이에요."

"아무것도 안 하고 있지. 너는 여행을 하고 있고, 담배를 피우고 있고, 자신이 지리하지 않은가 자문하고 있지. 키스해도 좋은가?"

그는 차를 세웠다. 그리고 내 어깨를 잡더니 나에게 키스를 했다. 그것은 우리들을 다시 인식하기 위한 아주 좋은 방법이었다. 나는 그의 입술 위에서 조금 웃었다. 그리고 우리는 다시 출발했다. 그는 나의 손을 잡고 있었다. 그는 나를 잘 알고 있었다. 나는 두 달 동안을 반 타인들 속에서 살아온 것이다. 나와는 상관이 없는 초상〔喪〕 속에서 꼼짝을 않고, 그리고 나는 아주 서서히 인생을 다시 시작하는 것만 같았다.

바다는 참으로 놀라운 것이었다. 나는 한순간 프랑스와즈가 없는 것을 서운해 했다. 그녀가 있었다면 그녀에게 정말로 바다는 푸르고, 붉은 바위들과 노란 모래들이 있고, 그것들이 아주 장관이라고 말할 수 있었을 것 아닌가. 나는 뤽크 씨가 의기양양해 가지고 나에게 바다를 보여주며 나의 반응을 살피지나 않을까 하고 두려워했다. 그러면 나는 여러 가지 형용사들을 써가며 감탄하는 시늉을 해보여야만 되었을 테니까 말이다. 그러나 그는 생 라파엘에 도착하자 단지 손가락으로 바다를 가리켰을 뿐이다.

"저거야, 바다가."

그리고서 우리는 서서히 밤 속을 차로 굴러갔다. 바다는 우리들 곁에서 회색빛이 될 때까지 퇴색해 가고 있었다. 칸느에서 뤽크 씨는 크로와제트의 어마어마한 호텔 앞에 차를 세웠다. 그리고 그 호텔의 홀은 나를 질리게 했다. 나는 만족해 하기에 앞서 이 호텔의 장치들이며 제복차림의 급사들을 잊어야만 되겠다고 생각했다. 그들을 친숙한 사람들로 바꿔어, 나에게 보내는 시선들이며 위험을 느끼지 않게 할 필요가 있다고 생각했다. 뤽크 씨는 카운터 뒤의 거만한 남자와 이야기 하고 있었다. 나는 어디고 딴 곳으로 가고 싶었다. 그는 그것을 안듯이 내 어깨 위에 손을 얹고서 홀을 횡단해서 나를 안내했다. 방은 엄청나게 넓었고, 거의 하얀 느낌이었으며, 두 개의 창문이 바다로 면해 있었다. 포터들이며 짐짝들이며, 창문 여는 소리, 옷장 여는 소리 등등으로 시끌시끌했다. 나는 그 한복판에서 두 팔을 축 늘어뜨리고 자기 자신의 무능력에 대해서 분개하고 있었다.

"자, 오고야 말았구나"하고 뤽크 씨가 말했다.

그는 만족한 눈초리로 방 안을 둘러보고는 발코니 위에 몸을 기울였다.

"이리 와, 저것 좀 봐라."

나는 약간의 간격을 유지하며 그의 곁으로 가서 난간에 팔을 괴었다.

나는 도무지 창으로 내다 보고 싶지도 않았고 내가 잘 알지도 못하는 이 남자와 마주 보고 있고 싶지도 않았다. 그는 나를 힐끗 쳐다보았다.

"이봐, 왜 이제 와서 서먹서먹해 하는 거야. 가서 목욕이나 하고 오지. 그리고 나하고 한 잔 하기로 하자. 너는 말야, 편안해 할 때와 알코올을 마실 때 외에는 속을 탁 터놓는 적이 없더군."

그의 말이 옳았다. 일단 옷을 갈아 입자 나는 뤽크 씨 곁에 팔을 괴고 한 손에는 술잔을 들고서 욕실과 바다에 대해서 수없는 찬사를 퍼부었다. 그는 내가 대단히 예쁘다고 했다. 나도 그에게 마찬가지라고 했다. 그리고는 우리는 만족스런 태

도로 종려棕櫚나무와 사람의 무리들을 바라보았다. 그 다음에 그는 나에게 두 잔째의 위스키를 권하고서 옷을 갈아 입으러 갔다. 나는 노래를 흥얼거리며 맨발로 두꺼운 양탄자 위를 거닐었다.

저녁 식사는 아무 일 없이 잘 끝났다. 우리는 양식良識과 애정을 가지고서 프랑스와즈에 관해서 그리고 베르트랑에 관해서 얘기했다. 나는 베르트랑과 만나지 않기를 바랐다. 그러나 뤽크 씨는 나에게 말하기를 베르트랑이나 프랑스와즈에게 우리들의 얘기를 거리낌없이 이야기할 그런 사람을 분명히 만나게 되리라고 했다.

그리고 파리에 돌아갔을 때는 거기에 대한 각오가 있어야 할 것이라고 했다. 나는 그가 나를 위해서 이와 같은 위험을 취한 일에 감동했다. 나는 그 얘기를 하품을 하면서 말했다. 나는 졸려서 죽을 지경이었던 것이다. 나는 또 그에게 사물을 대하는 그의 태도가 마음에 든다고 했다.

"그건 아주 멋있어요. 당신이 그것을 결정하고, 당신이 그것을 행하고, 당신이 그 결과를 받아들이고, 당신은 두려워하지 않으니 말예요."

"대체 무엇을 두려워한다는 거야?" 하고 그는 이상한 슬픔을 지니고서 말했다. "베르트랑이 나를 죽일 거예요. 나를 말예요"
하고 나는 화를 내면서 대꾸했다.

"그 애는 너무나 착하단 말야. 도대체가 사람들이란 다 착한 법이야."

"짓궂은 사람들은 보다 더 처리 곤란이라고 말씀하신 것이 당신이었는데요."

"네 말이 옳아. 그런데 너무 늦었는걸. 자, 이리 와. 자자구."

그는 그 소리를 자연스레 말했다. 우리들의 대화는 정열적인 데가 하나도 없었다. 그런데 '이리 와, 자자구'는 좀 퉁명스러운 것 같았다. 사실 나는 두려웠다. 이 밤이 오는 것이 무척 두려웠다.

욕실에서 나는 떨리는 손으로 잠옷을 입었다. 그것은 좀 여학생 티가 나는 잠옷이었다. 그렇지만 나는 그것밖에 다른 것이 없었다. 내가 방으로 들어가니 뤽크 씨는 벌써 누워 있었다. 그는 얼굴을 창 쪽으로 돌리고 누워서 담배를 피우고 있었다. 나는 그의 곁으로 미끄러져 들어 갔다. 그는 내 편으로 침착하게 손을 내밀더니 나의 손을 잡았다. 나는 부르르 몸을 떨었다.

"이 잠옷 벗어야지, 바보야. 잠옷이 구겨지잖아. 이런 날 밤에도 추운가? 몸이 아파?"

그는 나를 안더니, 조심스러운 태도로 나의 잠옷을 벗기고 그것을 둘둘 뭉쳐서 방바닥에 내던졌다. 나는 그에게 그렇게 해도 역시 구겨진다고 말했다. 그는 조용히 웃어댔다. 그의 그 모든 동작이 믿을 수 없을 만큼 감미로워졌다. 그는 조용히 내 어깨와 입에 키스를 하며 이야기를 계속했다.

"너에게서 열기 띤 풀냄새가 난다. 이 방이 마음에 드니?

만약 그렇지 못한다면 딴 데로 가자구. 참 좋은데 칸느(남부 프랑스 지중해 연안의 관광지)는...."

"그래요, 좋아요" 하고 나는 작은 목소리로 대답했다. 나는 빨리 아침이 되었으면 좋겠다고 바랐다. 그가 잠깐 나로부터 떨어져 내 허리에 그의 손을 얹었을 때 동요가 나를 사로잡았다. 그는 나를 애무했고, 나는 그의 목이며, 그의 가슴이며, 창문의 하늘에서 비쳐 오는 그늘진 그 그림자에 접촉할 수 있는 모든 것에 입을 맞추었다. 마침내 그는 그의 다리를 내 다리 사이로 미끄러뜨려 넣었다. 나는 나의 양손을 그의 등으로 돌렸다. 우리는 같이 함께 숨쉬었다. 그리고서 나는 그를 더 이상 보지 못했다. 칸느의 하늘도 보지 못했다. 나는 죽어 가고 있었다. 죽으려고 하고 있었다. 그러나 죽지 않고 있었다. 실신한 것이었다. 다른 모든 것은 공허했다. 어찌하여 항시 그것을 알지 못했던가!

우리가 서로 떨어졌을 때, 뤽크 씨는 두 눈을 뜨고 있었다. 그리고 나에게 미소짓고 있었다. 나는 곧 잠이 들었다. 그의 팔을 베고서.

제2장

나는 누구하고든 어떤 타인과 함께 산다는 일이 아주 어려울 것이라는 말을 항상 들어 왔다. 나는 뤽크 씨와의 이 짧은 체재 기간 중 그 일을 생각했다. 그러나 정말 그렇다는 것을 느낀 것은 아니었다. 나는 그것이 어려운 것이라고는 생각했다. 왜냐하면 나는 결코 그와 더불어 정말로 긴장을 풀고 멋대로 있을 수가 없었기 때문이다. 나는 그가 지리해 하지 않을까 걱정했다. 그런데 나는 여느때 같으면 자신이 남을 지리하게 할까 하는 일보다도 나 자신이 지리하지 않을까 하는 걱정을 했으리라는 점을 깨닫지 않을 수 없었다. 그래서 이 반대의 상황이 나를 불안케 했다. 그러나 뤽크 씨와 같은 어떤 다른 사람, 별 얘기를 안 하고, 아무 소리도 묻지 않고(특히 "무엇을 생각하고 있지?" 하는 따위) 내가 곁에 있는 일에 변함없이 만족한 모양을 하고 그 어떤 무관심이나 정열을 강요치 않는 뤽크 씨 같은 사람과 함께 생활하는 것을 까다롭다고 할 수 있겠는가? 우리들은 서로 똑같은 보조를 지니고 있었다. 똑같은 습관을 지니고 있었고, 똑같은 리듬을 생활에서 지니고 있었다. 우리는 서로 마음에 드는 성격이었고 모든 일이 다 잘돼갔다. 그래서 나는 그가 누군가를 사랑하고, 알고, 그 고독을 깨뜨리기 위해서 크나큰 노력을 기울이지 않는다는 점을 아쉬워할 수가 없었다. 우리들은 친구였고, 정인(情人, amants) 이었다. 우리는 맑고 푸른 이 지중해에서 함께 수영했다. 우리는 그늘에서 별로 많은 얘기를 하지 않으면서 점심식사를 하고 호텔로 돌아가는 것이었다. 때때로 그의 품에 안겨서 사랑이 뒤따르는 저 커다란 애정 속에서 나는 그에게 말하고 싶었다. '뤽크 씨, 나를 사랑해 줘요. 노력해 봐요. 우리 노력해 봐요.' 그러나 나는 말하지 않았다. 나는 그의 이마와 그의 두 눈과 그의 입과 이 새로운 얼굴의 모든 부각浮刻에, 그러니까 눈에 이어서 입술이 찾아내는 이 온화한 얼굴에 그저 키스를 하는 것으로 그치고 마는 것이었다. 나는 한 얼굴을 이처럼 사랑한 일은 없었다. 나는 그의 볼까지도 사랑했다. 그때까지는 볼이란 그저 얼굴에 있어서의 '물고기' 같은 외관으로 살이 없는 부분이라고 여겨졌다. 그런데 나는 지금에 와서 내가 내 얼굴을 뤽크 씨의 얼굴에, 그 신선하고도 다시 자라느라고 까칠까칠한 수염이 있는 뤽크 씨의 얼굴에 대볼 때, 프루스트가 알베르틴느의 볼에 대해서 장황하게 이야기한 것이 이해되었다. 그는 또한 나에게 나의 육체를 발견케 해주기도 했다. 그는 마치 어떤 귀중한 물건에 대해서 얘기하듯이 외설한 의미로서가 아닌 흥미를 가지고서 얘기해주었다. 그러면서도 또 우리들의 관계에 박차를 가한 것은 그것은 육욕肉慾이 아니었다. 그것은 그 어떤 다른 일, 배우자들 사이의 권태, 말의 권태, 그러니까 권태 그 자체 안에서의 일종의 잔인한 공범관계였다.

저녁 식사 후 우리들은 항상 앙티브 로路 뒤편에 있는 약간 음산한, 똑같은 바로 가는 것이었다. 거기엔 조그만 밴드가 있었기 때문에 도착하자마자 뤽크 씨는 내가 그에게 이야기한 〈론느 엔드 스위트〉를 부탁했다.

그는 의기양양하여 나를 돌아보았다.

"이거지, 네가 듣고 싶어하던 것이?"

"그래요. 거기까지 생각해 주셔서 고마워요."

"이 곡이 베르트랑을 생각나게 하나?"

나는 그에게 약간 그렇다고 대답하고, 그 판은 벌써 오래 전부터 전축함 속에 넣어 두었다고 했다. 그는 기분이 언짢은 표정이었다.

"이거 지리한데 우리 다른 것을 찾기로 하자."

"왜요?"

"사람이란 하나의 연애 관계를 갖게 되면, 이와 같이 한 개의 음악곡이라든지, 한 개의 향수라든지 그 어떤 표식 따위를 장래를 위해서 선택할 필요가 있단 말야."

나는 틀림없이 괴상한 표정을 지었을 것이다. 왜냐하면 그가 웃어댔기 때문이다.

"네 나이 또래로는 장래 같은 것을 생각지 않겠지. 나는 말야, 레코드판을 가지고서 즐거운 노후를 준비하고 있어."

"레코드 판을 많이 가지고 있어요?"

"아니."

"유감인데요." 나는 화를 내며 말했다. "내가 당신 나이 때가 되면 나는 레코드판꽂이 가득히 그것을 가지고 있을 것만 같은데요."

그는 근심스레 나의 손을 잡았다.

"기분 상했나?"

"아뇨" 하고 나는 맥없이 대답했다. "하지만요, 일 년이나 이 년 후면 말예요, 인생에 있어서의 어떤 일주일 전부가, 어떤 남자와 함께 지낸 생생한 일주일이, 단지 한 장의 레코드판으로 된다니 좀 우스운데요. 더욱이 그 남자가 그 일을 미리 알고서 그것을 발설하다니 말예요."

나는 흥분된 조바심을 느끼면서 눈에 눈물이 핑 돌았다. 그것은 그가 나에게 "기분 상했나?" 하고 물어 본 그 방법의 탓이었다. 사람이 나에게 어떤 투로 얘기할 때면, 그것은 항상 나에게 신음하고 싶은 기분을 조장한다.

"그 밖에는 마음 상한 것 없어요" 하고 나는 신경질적으로 되뇌었다.

"자, 춤추러 가자" 하고 뤽크 씨가 말했다.

그는 나를 품에 안고서 베르트랑의 멜로디에 맞추어 춤추었다. 그러나 그 레코드의 아름다운 소리와는 조금도 어울리지 않는 춤이었다. 춤을 추면서 뤽크 씨는 갑자기 나를 자기 가슴에 꼭 껴안았다. 틀림없이 그 절망적인 애정 때문이었을 것이다. 나는 그에게 매달렸다. 그가 나를 풀어 주고 나서 우리는 다른 이야기를 했다. 우리는 저절로 다른 곡을 발견케 되었다. 왜냐하면 도처에서 그것을 연주하고 있었기 때문이었다.

이 가벼운 충돌을 제외하고는, 나는 순조롭고 쾌활했으며, 우리들의 조그만 아방튜르도 대단한 성공이었다.

나는 그를 찬미하고 있었다. 그의 총명성이며, 그의 침착성이며, 그가 비꼬는 말이나 빌붙는 말없이 사물의 정확한 중요성과 가치를 가려내는 그 남자다운 태도는 찬탄하지 않을 수 없었다. 나는 단지 때로 안타까움으로 그에게 다음과 같이 말하고 싶었을 뿐이었다. '그렇지만 어째서 당신은 나를 사랑하지 않는 것이죠? 그편이 나에게는 얼마나 더 안심스러운지 모르겠어요. 어째서 우리들 사이에 정열이라는 유리로 된 일종의 간막이를 두지 않는 것이죠? 때로는 상대방을 심하게 변형시킬 수 있고 그러면서도 아주 편리한 그 간막이를?' 천만에, 우리들은 같은 종족이었다. 동맹을 맺은 공범자들이었다. 나는 대상이 될 수 없었고, 또 그 역시 주체가 될 수 없었다. 그는 그와 같은 가능성도 없었고 그와 같은 힘도 없었고 그와 같은 욕망도 없었다.

예정한 일주일이 끝났다. 뤽크 씨는 출발에 관해서 이야기하지 않았다. 우리들은 햇빛에 검게 타 있었다. 또 밤마다 그 바에서 이야기를 하고 마시며 새벽을 기다렸기 때문에 약간 맥풀린 표정이었다. 비인간적인 해상의 하얀 새벽, 꼼짝 않는 모든 배들, 우아하고 들떠 있는 인파들, 그리고 호텔 지붕 밑

에서 잠자고 있는 갈매기들…… 그런 것들과 함께 새벽을 기다리며 밤을 보냈기 때문이다. 우리는 새벽이 오면 호텔로 돌아갔다. 졸고 있는 보이에게 눈인사를 하고, 그리고서 뤽크 씨는 나를 품에 안고 피로로 인한 밤 현기증 속에서 나를 사랑하는 것이었다. 우리는 언제나 정오에 잠에서 깨었고 해수욕을 갔다.

그날 아침 — 그것은 마지막이 될 아침이었다 — 나는 그가 나를 사랑하고 있다고 생각했다. 그가 방 안을 거닐면서 주저하고 살피는 표정 때문에 나는 당황했다.

"너 집에다 뭐라고 말하고 왔니? 언제 돌아간다고 했어?"

"대강, 일주일 후쯤이라고 말했는데."

"만약에 네가 좋다면 우리 일주일만 더 있을까?"

"그러죠……."

나는 내가 정말로 출발해야만 되리라고 생각한 적은 한번도 없었다는 것을 깨달았다. 나의 인생은 점점 편안해져 가고 편리해져 가는, 이 커다란 배와 같은 호텔 안에서 흘러가리라. 뤽크 씨와 함께 보내는 나의 모든 밤은 백야白夜들이 되리라. 우리는 그것이 일시적인 것이라고 말하면서도 겨울을 향해서 또 죽음을 향해서 서서히 가리라.

"하지만 프랑스와즈가 당신을 기다리고 있을 텐데요."

"그건, 어떻게든지 처리할 수 있어"하고 그는 말했다. "나는 칸느에서 떠나고 싶지 않단 말야. 칸느에서, 그리고 너한테서."

"나도 그래요"하며 나는 조용한 목소리로 조심스럽게 말했다.

똑같은 투의 목소리. 한순간, 나는 그가 어쩌면 그것을 나에게 말하려 들지 않는 것은, 그가 나를 사랑하고 있기 때문이 아닌가고 생각했다. 그 생각은 내 마음을 동요하게 했다. 다음으로 나는, 그런 생각은 말뿐이지, 그는 정말로 나를 꽤 좋아하며, 또 그것으로 족하다는 것을 상기해 냈다. 단지 우리는 한 주일을 더 즐겁게 지내기로 했을 뿐이다. 그 다음에 나는 그로부터 떠나야만 할 것이다. 그를 떠난다. 그를 떠나…… 왜, 누구를 위해서 무엇을 하려고? 다시 또 그 불안정한 권태와 산산히 흩어진 고독을 되찾기 위해서인가? 짧으나마 그가 나를 바라볼 때, 내가 쳐다보는 것은 그인 것이다. 그가 나에게 이야기할 때, 내가 이해하려고 하는 것은 그인 것이다. 나에게 흥미를 주는 것은 그인 것이다. 그 사람, 행복하게 되기를 바라는 그 사람 뤽크, 나의 애인(情人).

"그것 좋은 생각예요"하고 내가 계속 말했다. "사실 말이지, 나는 출발에 대해서 생각지 않았으니까요."

"너는 아무것도 생각지 않는구나"하고 그가 웃으면서 말했다.

"당신하고 함께 있을 때는요."

"어째서? 자신을 젊게, 그리고 무책임하게 느끼는 때문인가?"

그는 약간 빈정거리는 웃음을 띄웠다. 그는 당장에 — 만약에 내가 그와 같은 의향을 표시했다면 — 우리들 두 사람의 소녀와 멋진 보호자로서의 태도를 집어치웠을 것이었다. 요행히 나는 자신을 완전히 어른으로 생각하고 있었다. 어른으로, 그리고 인생에 지쳤다고.

"아니죠"하고 내가 말했다. "나는 완전히 자신에게 책임이 있다고 생각해요. 그렇지만 무엇에? 나의 인생에? 나의 인생은 아주 온순하고 아주 부드러워요. 나는 불행하지 않다구요. 나는 만족해요. 행복하지도 않아요. 당신과 함께 있을 때는 제외하곤, 나는 아무것도 아니라구요."

"그럼 됐어." 그가 계속 말했다. "나도 역시 너와 같이 있는 것이 참 좋아."

"그러면 우리 고양이처럼 그르릉거리죠."

그는 웃어댔다.

"너는 성난 고양이와 같구나. 누구나 너의 일상적인 조그만 마음 변화라든지 또는 절망 같은 것을 가지고 뭐라고만 하면 말야. 나는 네가 말하듯이, 너를 '그르릉거리게' 하고 싶지 않아. 또 네가 우두커니 내 앞에서 태평하게 있기를 바라지도 않고. 그것은 나를 지리하게 하기 때문이야."

"어째서요?"

"내가 고독을 느낄 테니까. 그것만이 프랑스와즈가 나를 두렵게 만드는 유일한 점이지. 그 사람이 내 곁에 있을 때, 아무 말도 안 하고 또 그런 식으로 태평하게 만족해 있을 때면 말야. 또 한편으로 볼 때, 그것은 아주 만족한 일이긴 하지만 말야. 남자로서 그리고 사회적으로 한 여자를 행복하게 만든다는 것은 말야, 그 이유를 스스로 자문한다 해도 말이다."

"결국 나무랄 데 없는 거죠." 나는 단숨에 말했다. "당신이 행복하게 만들어 주는 프랑스와즈가 있고, 또 파리로 돌아가면 당신 때문에 약간 불행해질 내가 있으니까요."

나는 이 말을 입 밖에 내자마자 곧 후회했다. 그가 나를 돌아보았다.

"네가 불행해?"

"아네요." 나는 약간 당황한 얼굴로 웃으면서 대답했다.

"어떤 사람이건 나를 보살펴 줄 사람을 찾아야만 되겠어요. 그렇지만 그 누구도 당신만한 적임자는 없을 거예요."

"그 이야길랑 나에게 하지마"하고 그는 골이 나서 말했다.

그리고 나서 다시 생각을 고치고서 이렇게 말했다.

"아냐, 나에게 그 얘기를 해다오. 나에게 전부 다 얘기해줘. 만약에 그 녀석이 비위에 거슬린다면, 내 그 녀석을 때려 줄 것이고, 그 반대라면 그 녀석을 너에게 칭찬해 주마. 그러니까 진짜 아버지처럼 말이다."

그는 내 손을 잡았다. 손을 뒤집더니 손바닥에 다정하게 긴 키스를 했다. 나는 잡히지 않은 손으로 구부리고 있는 그의 목덜미를 만졌다. 그는 대단히 젊고 대단히 상처받기 쉬울 만큼 선량했다. 나에게 내일이 없는 하나의 아방튀르를 제안한 이 남자. 그는 정직했다.

"우리들은 선량한 사람이에요" 하고 나는 선언宣言하는 투로 말했다.

"그렇고말고"하고 그가 웃으면서 말했다. "그런데, 그런 식으로 담배를 피우지 마. 그건 선량한 사람으로 보이질 않는데."

나는 물방울 무늬의 평상복 차림으로 몸을 일으켰다.

"나는 정말 선량한 여자일까요? 나는 남의 남편하고 이 호화로운 호텔에서 무엇을 하고 있는 것일까요? 이런 창녀 같은 옷차림을 하고서요? 나는 딴 일을 생각하면서 남의 부부 살림을 파괴하는 저 생 제르맹 데 프레(대전 후에 실존주의자들이 모이던 유명한 유행의 고장으로 파리 시내의 한구역) 지역의 탈선 소녀들의 전형적인 타입이 아닌가요?"

"그렇지." 그는 풀이 죽어가지고 말했다. "그렇다면 나는, 나는 남편이 아닌가. 지금까지는 모범적이었지. 그런데 방향을 잃은 비둘기가 됐단 말야. 가련한 비둘기가 됐단 말야…… 이리 와 줘……."

"싫어요, 실어. 난 당신을 거부하니까요. 나는 당신을 비열하게도 속여넘겼어요. 당신의 혈관 속에 음탕한 불길을 불붙게 해놓고서 내가 내 자신으로 그것을 진정시키는 따위 일은 싫단 말예요. 이게 당신을 거절하는 이유예요."

그는 머리를 두 손으로 감싸고 침대 위에 쓰러졌다. 나는 신중한 표정으로 그의 곁에 가서 앉았다. 그리고서 그가 머리를 들었을 때, 나는 그를 거칠게 응시했다.

"나는 탕녀예요."

"그럼 나는?"

"불행한 폐인이죠. 한번 인간이었던 일이 있는…… 뤽크! 앞으로 일주일이에요!"

나는 그의 곁으로 무너지듯 쓰러지고 말았다. 내 머리카락을 그의 머리카락과 헝클어지게 했다. 내 뺨 위에서 느껴지는 그는 활활 타는 듯 신선했다. 그에게서 바다 냄새가 났고 소금 냄새가 났다.

나는 홀로 있었다. 일종의 만족감이 없다고는 할 수 없는 그런 기분으로 바다를 향해서 호텔 앞 긴 의자에 앉아 있는 것이다. 몇몇 영국인 노부인들 틈에 끼여서 홀로 있었다. 오전 열한 시였다. 뤽크 씨는 그 어떤 복잡하고 분망한 일로 니스에 가야만 했다. 나는 니스를 꽤 좋아했다. 약간이나마, 니스의 정거장으로부터 프로므나드 데 앙그레(Promenade des Anglais, 니스의 산책로의 명칭)까지 사이의 그 형편없는 부면을, 그러나 나는 그와 동반하기를 거절했다. 갑자기 혼자 있고 싶은 생각에 사로잡혔기 때문이었다.

나는 홀로 있었다. 나는 하품을 했다. 잠을 못 자서 기진해 있었다. 그러나 굉장히 기분이 좋았다. 담배에 불을 붙이면서 나는 성냥을 잡은 손끝이 약간 떨리는 것을 막을 수가 없었다. 9월의 태양은 그다지 덥지 않았으며, 내 뺨을 쓰다듬었다. 나는 내 자신과 아주 잘 융화되어 있었다. 어쩌다가 "우리들은 피로했을 때 이외엔 마음이 편하지 못한데" 하고 뤽크 씨는 말했다. 그것은 사실이었다. 나는 자기 내부에서 끊임없이

요구가 많은, 그리고 권태로 무거운 그런 생명력의 어떤 한 부분이 말살되었을 때에, 비로소 기분이 편안해지는 그런 종류의 인간에 속하고 있었다. '너는 너의 인생을 어찌할 것이냐, 무엇이 하고 싶다는 것이냐?' 고 질문을 제시하는 그 어떠한 부분, 그 질문에 대해서 나는 '아무것도' 라고 대답하는 수밖에 없다.

한 사람의 아주 미남인 청년이 지나갔다. 나는 그가 놀랄 만큼 무심하게 그를 약간 뜯어보았을 뿐이다. 일반적으로 미모는 다소나마 어떤 경우에 있어선 거북한 인상을 주는 법이다. 그것은 나에게 천박한 듯싶었고, 천박하고도 접근키 어려운 듯싶었다. 그 청년은 바라보기에 기분 좋은 것 같았고 또 현실성이 없는 것 같았다. 뤽크 씨는 다른 남자들의 존재를 지워 버렸다. 그와는 반대로 나는 그에게 다른 여자들의 존재를 지워버리지 못했다. 그는 곧잘 아무 말 없이 다른 여자들을 즐겁게 바라보는 것이었다.

갑자기 나는 안개 속에서밖에는, 바다를 바라보지 못하게 되었다. 나는 숨가쁨을 느꼈다. 나는 나의 손을 이마에 얹었다. 땀에 흠뻑 젖어 있었다. 머리카락 속이 축축했다. 땀방울 한 줄기가 등골을 타고 조용히 흘러내렸다. 틀림없이 죽음이란 이런 것에 불과할 것이다. 푸른 안개, 가벼운 전락轉落. 나는 죽을 수 있을 것이다. 나는 발버둥치지 아니했으리라.

나는 내 양심을 스치고 지나간 이 말을 중간에서 붙잡았다. 그러나 그것은 당장에 발끝으로 도망칠 준비가 되어 있었다. "나는 발버둥치지 아니했을 것이다." 그렇지만 나는 어떤 것들을 열렬히 사랑했다. 파리, 향기, 책, 사랑, 그리고 뤽크 씨와의 현재의 생활. 나는 그것을 직감적으로 느꼈다. 나는 아마도 뤽크 씨 이외의 그 누구하고도 뤽크 씨하고처럼 융화되지 못했으리라. 뤽크 씨는 영원히 나를 위해서 있는 것이고 아마도 우리는 서로 만날 운명을 타고난 것이라고 느꼈다. 뤽크 씨가 나를 떠날 때 나의 운명은 변화된다. 내가 다른 어떤 사람과 만나는 일이 중요하다. 물론 나는 그렇게 하리라. 그러나 나는 결코 그 누구하고도 내가 뤽크 씨와 함께 있을 때처럼 그런 기분으로 있지 못하리라. 고독한 일도 거의 없고, 고요하게, 또 마음속으로 의심하는 일도 거의 없을 것이다. 그런데 그는 자기 아내에게로 돌아갈 것이고, 파리의 내 방에 나를 남겨 둘 것이다. 나를 끝없이 긴 오후와 함께, 절망의 타격과 함께 그리고 불행하게 끝난 연애 관계와 함께 남겨둘 것이다. 나는 조용히 울기 시작했다, 나 자신이 측은해서.

한 삼 분 후에 나는 코를 풀었다. 나로부터 두어 개 저편의 긴 의자에서 한 영국인 노부인이 동정에서가 아니라 흥미있게 나를 물끄러미 보고 있었으며, 그래서 나는 얼굴이 붉어졌다. 그래서 나는 그 여자를 주의해서 바라보았다. 한순간 나는 그녀에게 대한 이상한 존경심에 사로잡혔다. 그것은 하나의 인간 존재인 것이다. 하나의 또 다른 인간 존재인 것이다. 그녀는 나를 쳐다보고 나도 그녀를 물끄러미 쳐다보았다. 태양 속에서 둘이 다 일종의 계시啓示에 의해 현혹된 것처럼. 두 사람의, 동일한 언어를 쓰지 않는 인간 존재가 둘 다 놀라서 서로 바라보고 있었다. 그러자 그녀가 일어섰다. 그리고 지팡이에

의지하여 다리를 절며 가버렸다.

행복이란 방점(標識點) 없는 평평한 것이다. 이 칸느의 시절도, 어떤 뚜렷한 추억을 나에게 남기지 않는 것인가. 저 불행했던 몇몇 순간들이며, 뤽크 씨의 웃음들이며 그리고 침실과 밤과 여름날 미모사의 애원하는 듯한 퇴색한 그 향내를 제외하고는 여하한 추억도 나에게 남기지 아니하는 것인가. 아마도 행복이란 나와 같이 사람들에게 있어서도 그것은 일종의 부재不在, 권태의 부재, 안심할 수 있는 부재에 불과하지 않을까. 현재 나는 이 부재를 잘 안다. 너무나 잘 알고 있기 때문에 때로 뤽크 씨의 시선과 마주 칠 때 모든 것이 잘되어 간다는 인상조차 받게 된다. 그가 내 대신 세상 일을 지탱했다. 그는 나를 바라보면서 미소짓는 것이다. 나는 어째서 그가 미소짓는가를 알고 있었다. 그리고 나도 역시 미소짓고 싶었던 것이다.

나는 어느 날 아침에 열중했던 순간의 일을 기억한다.

뤽크 씨는 모래 위에 누워 있었다. 나는 일종의 부목浮木 같은 것 위에서 내려뛰기를 하고 있었다. 그러다가 나는 다이빙대 제일 꼭대기로 올라갔다. 나는 모래 위의 뤽크 씨와 인파들과 또 나를 기다리고 있는 너그러운 바다를 보았다. 나는 바다로 떨어져 그 속에 묻혀 버리려 하고 있었다. 나는 대단히 높은 곳으로부터 떨어질 것이고, 떨어져 내리는 동안 나는 홀로 있을 것이며, 아주 더할 수 없이 홀로 있을 것이다. 뤽크 씨가 나를 보고 있었다. 그는 아이러니컬한 시늉을 했다. 나는 내려

뛰었다. 바다가 빙그르르 돌면서 나에게로 다가왔다. 수면에 떨어졌을 때 몸이 아팠다. 나는 기슭으로 헤엄쳐 갔다. 그리고 뤽크 씨에게 물방울을 흘리면서 무너지듯 그의 곁에 쓰러졌다. 그리고서 내 머리를 그의 마른 등 위에 얹고 그의 어깨에 키스했다.

"너 미쳤니… 아니면 그저 스포츠로 하는 것이니?" 하고 뤽크 씨가 말했다.

"미쳤어요."

"나도 우쭐한 마음으로 그와 같이 생각했다. 네가 나한테 오기 위해서 저렇게 높은 데서 물로 뛰어내렸다고 생각하니 참으로 행복해."

"당신 행복해요? 난 기뻐요. 어떻게 되었든 나는 행복해질 거예요. 왜냐하면 나는 행복해지기를 바라고 있지 않으니까

요. 이건 진리죠, 안 그래요?"

나는 그를 쳐다보지 않고 얘기했다. 왜냐하면 그는 배를 깔로 엎드려 있었으니까, 그리고 나는 그의 목덜미밖에 보지 못했으니까. 그의 목은 햇빛에 구릿빛이 된데다 건장했다.

"난 당신을 좋은 건강 상태로 프랑스와즈에게 돌려 줄 거예요" 하고 익살스레 말했다

"시닉한데."

"당신은 우리들보다 훨씬 덜 시닉(現實)하단 말예요. 여자들은 대단히 현실적이니까요. 당신을 나와 프랑스와즈 사이에서는 한 소년에 불과하다고요."

"건방진 녀석."

"당신이 훨씬 더 건방진데요. 건방진 여자란 당장에 우스꽝스러워 보인다구요. 남자들은 그것이 남자들에게 가짜 남성다움을 부여하고 말이죠, 그것으로……."

"집어치우지, 그 진리 말씀. 날씨 얘기나 해주셔. 여름휴가 중에는 날씨 얘기가 그저 유일한 공식 화제라구."

"날씨 좋습니다. 날씨 아주 좋아요" 하고 나는 말했다.

그리고는 빙그르 돌아누워서 잠이 들고 말았다.

내가 잠에서 깨어났을 때 하늘은 흐려 있고 해변에는 인적이 없었다. 나는 지친데다 목이 마른 것을 느꼈다. 뤽크 씨는 옷을 다 입고 내 곁의 모래 위에 앉아 있었다. 그는 바다를 바라보며 담배를 피우고 있었다. 잠깐 동안 나는 그에게 내가 잠에서 깨어난 것을 알리지 않고서 그를 쳐다보고 있었다. 처음으로 순순히 객관적인 호기심을 지니고서, '이 남자는 대체

무엇을 생각하고 있는 것일까?' 하고, 한 사람의 인간은 거의 인적이 없는 해변에서 공허한 바다를 앞에 하고, 잠자고 있는 어떤 사람 곁에서 무엇을 생각할 수 있는 것인가. 나는 이 세 가지 부재에 짓눌려 너무나 고독한 그를 보고 그에게로 손을 뻗었다. 그리고 그의 팔을 잡았다. 그는 깜짝 놀라지도 않았다. 그는 도무지 깜짝 놀라는 일이 없었으며, 그냥 놀라는 일도 드물었고, 소리치는 일 같은 것은 절대로 없었다.

"잠이 깨었나!" 하고는 그는 나른하게 말했다. 그리고서 그는 아쉬운 듯이 기지개를 켰다.

"네 시야."

"네 시요!" 나는 몸을 벌떡 세웠다. "네 시간이나 잤어요?"

"허둥거리지 마" 하고 뤽크 씨가 말했다. "우리는 해야 할 일이 아무것도 없으니까."

그 말이 나에게 험상스레 여겨졌다. 사실 우리는 함께 해야 할 일이 아무것도 없었다. 일도 없었고, 공통된 친구도 없었다.

"후회하고 있어요?" 내가 물었다.

그는 미소를 지으면서 나를 향해 돌아섰다.

"내가 좋아하는 것은 이것밖에 없는데. 스웨터를 입지 내 애인, 감기에 걸릴라. 호텔에 가서 차를 마시자."

라 크로와제트는 태양이 없어서 음산했다. 늙은 종려나무가 별로 힘없는 바람에 흔들리고 있었다.

호텔은 잠자고 있는 것 같았다. 우리는 방으로 차를 가져오게 했다. 나는 뜨거운 물에 목욕을 하고 침대에서 담뱃재를 털어 가며 책을 읽고 있는 뤽크 씨 곁으로 가 길게 누웠다. 우리는 하늘이 쓸쓸했기 때문에 덧문을 닫았다. 방 안은 침침하고 더웠다. 나는 천장을 보고 누워 마치 죽은 사람이나 뚱뚱한 사람처럼 두 손을 마주 잡아 배 위에 놓았다. 나는 눈을 감았다. 뤽크 씨가 넘기는 책장 소리만이 멀리서 들리는 파도 소리를 가로막는 것이었다.

나는 자신에게 중얼거렸다. '자아, 나는 뤽크 씨 곁에 있다. 나는 그 사람 곁에 있다. 내가 뤽크 씨를 만지려고 한다면 손만 뻗으면 된다. 나는 그의 육체를 알고 있다. 그의 목소리, 그가 잠자는 방식을 안다. 그는 책을 읽고 있다. 나는 약간 권태롭다. 그것은 불유쾌하지 않다. 그도 저녁을 먹으러 갈 것이다. 그리고 우리는 함께 잘 것이다. 그리고 사흘 후면 우리는 헤어질 것이다. 분명히 그가 지금과 같이 그렇게 있는 일이란 절대로 없을 것이다. 그러나 이 순간은 여기에 있다. 우리들을 위해서 나는 그것이 사랑인지 아니면 서로간의 화합인지 알지 못한다. 그런 것은 중대한 일이 아니다. 각자가 제나름으로 우리들은 고독하다. 그는 내가 우리들을 생각하고 있다는 일을 모른다. 그는 책을 읽고 있다. 그렇지만 우리는 함께 있다. 그리고 나는 그가 나에 대해서 지니고 있을 따뜻한 면과 무관심한 면을 느낀다. 6개월 후에 우리가 헤어지고 난 후에, 이 순간의 추억이 소생하는 것은 아니다. 오히려 내 의사하고는 반대로 너절한 다른 생각들이 떠오를 것이다. 그렇지만 아마도 그 순간이야말로 내가 그를 가장 사랑하는 순간이 될 것이다. 그 순간은 나에게 있어서, 고요하고도 마음을 찢어 발기는 듯 싶은 인생을 내가 감수하는 순간이다. 나는 팔을 뻗어 《프누

이야르 일가》를 집었다. 그 책은 내가 읽지 않았다고 해서 뤽크 씨에게 핀잔을 많이 받은 것이다. 나는 그 책을 읽으면서 웃어댔다. 그리고 뤽크 씨도 웃었다. 그리고 우리는 같은 페이지 위에 구부리고 볼에 볼을 대고 곧 뒤이어 입술과 입술을 마주 댔다. 마침내 책은 방바닥으로 떨어졌고, 우리들 위로는 쾌락이, 다른 사람들 위로는 밤이 내려졌다.

드디어 출발의 날이 왔다. 위선으로 말미암아 특히 공포 — 공포, 그에게 있어서는 내가 감상에 빠지지 않을까 하는 공포, 나에게 있어서는 그것을 느끼고서 내가 감상에 젖어들지 않을까 하는 공포 — 에서 오는 위선으로 우리들은 전야에 우리들의 마지막 밤이라는 것을 의식하지 않았다. 단지 밤중에 나는 여러 차례 잠에서 깨었다. 일종의 어떤 두려움에 사로잡혀 나는 뤽크 씨의 이마를 손으로 찾았다. 서로 잠자리를 나누는 이 다정한 짝이 아직 존재하고 있는 것을 확인키 위해서, 그리고 그럴 때마다 마치 이 두려움을 대기하고 있기나 했던 것처럼, 또 그의 잠이 가벼워지기나 한 것처럼 그는 나를 자기 팔에 안고 손을 목에 감으면서 짐승을 달래는 것처럼 이상한 목소리로 "자, 자아" 하고 중얼거렸다. 그것은 우리들이 우리 뒤에 남기고 가는 미모사의 향내로 짓눌린 혼란과 속삭임의 밤이었으며, 선잠으로 지샌 무더운 밤이었다. 아침이 왔다. 아침 식사가 나오고 뤽크 씨는 짐을 꾸리고 있었다. 나도 나의 짐을 챙기면서 그와 함께 갈 도중의 얘기며, 또 그 도중의 식당 얘기 따위를 했다. 나는 나의 그 평온하고 기운차게 꾸민 목소리에 약간 염증을 느꼈다. 그 까닭은 내가 기운찬 기분이 아니었을 뿐더러, 어째서 내가 그와 같이 기운차야만 되는 것인지 몰랐기 때문이었다. 나는 아무것도 느끼지 않았다. 어쩌면, 어떻게 해야 좋을지 모르겠다고 막연히 느끼고 있었는지도 모른다. 그날 우리들은 여느 때답지 않게 반 연극을 하고 있는 것이었다. 그러나 나는 그러면서도 조심하고 있었다. 왜냐하면 결국 그로부터 떠나기 전에 내가 괴로워할 수도 있었기 때문이다.

그러니까 조심스러운 태도라든지 동작이라든지 표정 같은 것을 지니고 있는 편이 더 좋다.

"자, 준비가 다 된 거지. 그럼 짐을 가지러 오라고 초인종을 눌러야지" 하고 마침내 그가 말했다.

나의 양심이 눈을 떴다.

"마지막으로 발코니에서 한 번만 더 내려다봐요" 하고 나는 멜로드라마조의 목소리로 말했다.

그는 근심스레 나를 쳐다보더니 나의 표정을 보고서 웃기 시작했다.

"너는 진짜 냉혹하고, 시닉한 아이야. 그와 같은 네가 나는 좋다."

그는 방 한복판에서 나를 품에 안았다. 그리고서 조용히 흔들었다.

"15일간의 공동생활 후에 '네가 마음에 든다' 고 할 수 있기란 드문 일이지."

"공동생활이 아니었지요" 하고 나는 항의했다. "그것은 밀월蜜月이었지요."

"그렇다면 더욱더 그렇지" 하고 그는 나로부터 떨어지면서 말했다. 그 순간 나는 그가 정말로 나를 떠나가는 것 같은 느낌이었다. 그의 양복저고리 섶을 끌어 잡아당기고 싶은 기분이었다. 그것은 아주 순식간의 일이었고 불유쾌했다.

귀환은 무사히 끝났다. 도중에 내가 운전을 했다. 뤽크 씨는 우리들이 밤에는 파리에 도착할 거라고 했다. 그리고 이튿날 나에게 전화를 하마고 하면서 며칠 안으로 그 동안 한 2주일간 친정어머니와 함께 시골집에 가 있었던 프랑스와즈와 같이 식사를 하자고 했다. 그런 일들은 약간 근심스럽게 여겨졌다. 그러나 뤽크 씨는 단지 나에게 여행에 대한 얘기는 아무것도 비치지 말라고만 일렀을 뿐이었다. 프랑스와즈에 관한 일은 그가 처리한다는 것이었다. 나는 뤽크 씨와 프랑스와즈 두 사람 사이에서 가을을 보내게 될 것이라고 짐작했다. 어쩌다가 뤽크 씨와 입을 맞추고 또 같이 잠자기 위해서. 나는 뤽크 씨와 프랑스와즈로부터 떠나야만 된다고 생각해 본 일은 한 번도 없었다. 첫째로는 그가 나에게 그녀로부터 떠나는 일이 없을 것이라고 말한 일도 있었으며, 두 번째로는 그가 프랑스와즈에게 그와 같은 일을 하지 못하리라고 여겨졌기 때문이었다. 가령, 그가 나에게 그런 일을 제안해 왔다 하더라도 나는 아마 그것을 받아들일 수 없었을 것이다.

그는 밀린 일거리가 많았다고 했다. 그리고 그것들은 별로 흥미가 없다고 했다. 나로 말하면 신학년이 시작된다(프랑스의 학기는 가을에 시작된다) 그리고 지난 해에 벌써 상당히 싫증을 느끼고 있던 공부를 좀 더 열심히 해야 할 시점에 있다. 어쨌든 우리들은 힘없이 파리로 돌아왔다. 하지만 그것은 상당히 즐거웠다. 왜냐하면 우리들은 저마다 똑같은 낙담과 똑같은 권리를 지니고 있었기 때문에 서로 상대방에게 매달려야만 할 필요가 있었던 것이다. 상대방도 마찬가지였다.

우리는 밤늦게 파리에 도착했다. 뽀르트 디탈리(남쪽 국도에서 파리로 들어가는 입구)에서 약간 지친 얼굴의 뤽크 씨를 보았다. 나는 우리가 이 조그만 아방튀르를 잘 해냈다고 생각했다. 우리는 어른들이고 문화적이고 또 사리를 잘 알아차린다고 생각했다. 그러자 갑자기 자신에게서 일종의 노여움과 함께 지독한 굴욕감을 느꼈다.

제3부

제1장

나는 지금까지, 아직 한 번도 파리에 돌아와서 새로이 파리를 발견한다는 느낌을 가져본 일이 없었다. 파리를 고스란히 다 알고 있다고 생각한 것이다. 그런데 이번에 나는 파리의 매력에 놀란 것이다. 여름철의 한산한 그 거리를 산보하면서 나 자신을 사로잡은 그 기쁨에 놀란 것이다. 그래서 나는 사흘 동안을 뤽크 씨의 부재不在로 말미암아 공허감과 또 그 불합리함에서 풀려 나올 수 있었다. 나는 밤에 눈으로 그를 찾기도 했고 또 때로는 손으로 그를 찾아 더듬기도 했다. 그리고 그때마다 그의 부재가 나에게는 이상하고 괴상그럽게 여겨졌다. 이미 지나간 저 15일간은 내 기억 속에서 하나의 형태와 분위기를 지니고 있었던 것이다. 그것은 하나의 충만된 것이 동시에 떨떠름한 것이었다. 그런데 이상하게도 나는 그 사건이 실패적인 감정으로서 느껴지지 아니하고, 오히려 성공적인 감정으로 느껴졌다. 그러므로 그와 똑같은 일을 되풀이하기는 어렵고, 괴롭기까지 하리라는 것을 나는 잘 알고 있었다.

베르트랑은 멀지 않아 파리로 돌아올 것이었다. 베르트랑에게 뭐라고 말할 것인가? 베르트랑은 나를 되찾으려 하고 있는 것이다. 어떻게 그와의 관계를 부활시킬 것이며, 특히 어떻게 해서 뤽크 씨 이외의 다른 몸을, 또 다른 숨결을 받아들일 수 있을 것인가?

뤽크 씨는 이튿날도 또 그 이튿날도 전화를 주지 않았다. 나는 그것을 프랑스와즈와의 복잡한 문제 탓으로 생각했으며, 한층 더 일의 중대성을 느끼는 동시에 또 부끄러운 감정을 느꼈다. 나는 산책을 많이 했고 냉정하게 새학기에 대해서 아주 막연한 흥미를 가지고 생각했다. 어쩌면 법과 공부를 하는 것보다도 더 유익한 일이 있을는지도 모를 일이다. 뤽크 씨가 그의 친구의 한 사람인 신문사의 중역을 소개해 주기로 되어 있었으니까. 그러니까 지금까지는 아무것도 하고 싶지 않다는 나의 고집이, 대수롭잖은 법과를 그만두는 대상으로 그 어떤 감정의 동기로 연애를 하고 있었지만, 지금에 와서는 직업적인 동기를 구하게 되었다.

이틀이 지나고 나는 뤽크 씨를 보고 싶다는 마음에 견딜 수 없어졌다. 그러나 차마 전화를 걸 수가 없었다. 그래서 나는 그에게 소탈하고도 친절한 편지를 한 통 써 보냈다. 나에게 전화를 걸어 달라는 부탁을, 뤽크 씨가 이튿날 전화를 했다. 그는 시골로 프랑스와즈를 마중 갔었다고 했다. 그래서 더 이상 빨리 전화할 수 없었다고 했다. 나는 그의 목소리에서 절박한 것을 느꼈다. 나는 그가 없어서 쓸쓸하다고 생각했다.

그리고 그가 전화통에 대고 그 이야기를 했기 때문에 한순간 나는 우리가 다시 또 만나게 될 카페의 광경을 상상했다. 그 카페에서 그는 나를 품안에 안고 나 없이는 못 살겠다는 얘기며, 지난 이틀 동안은 바보같이 지냈다는 얘기를 하는 광경을, 그러면 나는 '나도 마찬가지예요' 하고 거짓 없이 대답하면 될 것이고, 다음 일은 그에게 맡기기만 하면 될 것이라고.

그러나 그가 만나자고 약속을 한 것은, 단지 프랑스와즈가 잘 있다는 얘기며, 그에게 아무런 질문도 하지 않았다는 얘기, 또 일이 산더미처럼 쌓였다는 얘기를 전함으로써 나를 안심시켜 주었을 뿐이었다. 그는 '너는 예뻐' 하고 말하며 나의 손바닥에 키스를 했다.

나는 그가 변했다고 생각했다 — 그는 그의 어두운 색깔의 양복을 다시 또 입고 있었다 — 그는 변해 있었고 매혹적이라고 생각했다. 나는 윤곽이 뚜렷하고 피로한 그 얼굴을 바라보았다. 나는 그가 이미 내 것이 아니라는 사실이 이상하게 여겨졌다. 나는 벌써 내가 정말로 그와의 체재를 '만끽滿喫' — 이 말이 나에겐 역겹게 여겨졌다 — 할 줄 몰랐었다고 생각하기 시작했다. 나는 그에게 쾌활하게 얘기했으며, 또 그도 마찬가지로 쾌활하게 대답했지만 양쪽이 모두 자연스럽지 못했다. 아마도 우리들은 그 어떤 사람과 함께 15일간을 산다는 일이 그렇게 쉬웠다는 일이며, 그것이 아주 잘 지나갔고, 또 그 이상 중대해지지 않았다는 일에 놀라고 있었는지도 모를 일이다. 단지 그가 일어섰을 때, 나는 성난 태도로 다음과 같이 말하고 싶었다. "그런데 당신 어딜 가세요? 설마 나를 혼자 놔두고 가버리시지는 않겠지요?" 그러나 그는 가고 나는 혼자 남았다. 나는 별로 할 일이 없었다. 나는 생각했다. '모든 것이 희극적이로구나' 하면서 어깨를 으쓱 추슬렀다. 나는 한 시간을 산책하고, 혹시 친구들이라도 만날까 하는 희망에서 카페를 한두 집 들렀지만 아직 아무도 파리에 돌아와 있지 않았다. 이욘느로 두 주일을 보내러 가는 일은 언제고 할 수 있는 일이었다. 그러나 그 다음다음날, 뤽크 씨와 프랑스와즈와 함께 저녁을 먹기로 되어 있었기 때문에 그 약속이 끝나면 떠나기로 결정했다.

나는 그 이틀간을 영화관으로 또 침대에서 잠을 자고 책도 읽고 하는 일로 소일했다. 나의 방이 나에게 낯설게 여겨졌다. 드디어 저녁 식사 날의 밤이 왔다. 나는 정성을 기울여 옷을 차려 입고 그들 집으로 갔다. 초인종을 누르면서 나는 잠깐 두려운 생각이 들었다.

그러나 문을 열어 주러 나온 것이 프랑스와즈였으며 그의 미소는 나를 금방 안심시켜 주었다. 나는 프랑스와즈가 뤽크 씨가 말한 대로 결코 우스꽝스러운 짓을 하지 않고 그녀의 극단적인 선량성이나 그녀의 인격에 걸맞지 않는 짓을 취하지 않는다는 것을 안다. 그녀는 지금까지 남편에게 배반당한 일이 없고, 또 앞으로도 배반당하는 일이 없을 것이다.

그것은 묘한 저녁 식사였다. 우리들은 셋이 다 아주 자연스러웠으며 그 전과 같았다. 다만 우리들은 식탁에 앉기 전에 꽤 많이 마셨다. 프랑스와즈는 아무것도 모르는 것 같았다. 그러나 어쩌면 여느 때보다도 더 주위성 있게 그녀는 나를 바라보고 있었는지도 모른다. 간간히 뤽크 씨는 나를 물끄러미 바라보면서 얘기했다. 그리고 나는 체면을 지키기 위해서 쾌활하고 자연스럽게 대꾸했다. 대화가 다음주에 돌아올 것으로 여겨지는 베르트랑에게 옮겨졌다.

"나는 그때엔 파리에 없을 거예요" 하고 내가 말했다.

"어디에 있을 건데?" 하고 뤽크 씨가 물었다.

"네, 아마도 며칠간 시골집에 가서 지내게 될 것 같아요"

"언제 돌아오죠?"

그렇게 말한 것은 프랑스와즈였다.

"2주일 후요."

"도미니크, 이제 당신하고 튀트와이에(tutoyer, 터놓고 쓰는 해라조의 말투. 가까운 사이, 이를테면 부부지간이라든지 애인 사이에 쓰는 말씨, 뤽크가 주인공인 나에게 쓰고 있는 말투)로 말하겠어. 나 당신하고 부브와이에(vouvoyer, 앞의 튀트와에 상응하는 공대 표현이며 일반적인 어투)로 말하는 것 답답해 못 견디겠어" 하고 갑자기 프랑스와즈가 말했다.

"모두 다 튀트와이에로 말하자" 하고 뤽크 씨가 엷은 웃음을 띠며 말했다. 그리고 축음기 쪽을 향해 갔다. 나는 그의 뒷모습을 바라보다가 고개를 돌려서 프랑스와즈 쪽을 보니 그녀가 나를 지켜보고 있다는 것을 알았다. 나는 상당히 근심스레 그녀의 시선을 받았다. 특히 도망치는 것 같은 모양을 보이지 않기 위해서, 그녀는 한순간 나를 당황케 한 약간 슬픈 미소를 지니고서 내 손 위에 자기 손을 올려놓았다.

"당신(vous)…… 아니었지, 너(tu) 나에게 엽서 보내 주어야

해, 도미니크. 그리고 참, 아직 어머님 안부를 나에게 얘기하지 않았지?"

"건강하셔요. 어머니는……" 하고 나는 말했다.

그러나 나는 말을 멈추었다. 뤽크 씨가 코트 다쥐르(프랑스 남부 지중해 연안의 관광지. 주인공 '나'와 뤽크가 여행하고 왔던 곳)에서 듣던 그 음악을 틀었기 때문이었다. 그리고 모든 것이 단번에 되살아왔기 때문이었다. 그는 뒤를 돌아다보지 않았다. 나는 이 부부, 이 음악, 이 프랑스와즈의 친절, 아마도 진정한 친절이 아니려니 여겨지는 이 친절, 뤽크 씨의 감상, 이 역시 진정한 감상이 아니려니 여겨지는 그 감상, 요컨대 그것들 전부가 뒤섞인 속에서 한순간 갈피를 잡지 못하고 있는 느낌을 받았다. 나는 정말로 도망치고 싶은 생각이었다.

"나는 이 음악이 참 좋아" 하고 뤽크 씨가 천연덕스레 말했다.

그가 앉았다. 그리고 나는 그가 아무 생각도 하지 않고 있다는 것을 깨달았다. 추억의 레코드판에 관한 우리들의 그 씁쓸한 대화에 관해서조차도. 단지 이 음악곡이 그의 기억 속에 두서너 차례 떠올랐음이 분명하다. 그리고 그는 그 생각으로부터 벗어나기 위해 그 레코드를 샀을 것이다.

"나도 역시 그 곡을 좋아해요" 하고 내가 말했다.

그는 눈을 들어 내 편을 건너다보았다. 기억을 되살려 나에게 미소했다. 그는 너무나 다정하고 너무나 숨김없이 나에게 미소 지었기 때문에 나는 아래를 내려다보았다. 그러나 프랑스와즈는 담배에 불을 붙이고 있었다. 나는 갈피를 잡지 못했

다. 그것은 분간키 어려운 상황의 순간이었다. 왜냐하면 그것에 대해 얘기하는 것만으로서, 그러니까 마치 그것들 전부와 아무런 관계도 없는 것처럼 각자가 객관적인 자기 의견을 내놓는 일로 족했다고 여겨졌기 때문이다.

"우리, 이 연극 보러 갈까, 그만둘까?" 하고 뤽크 씨가 말했다. 그는 나에게 설명하기 위해서 내 편으로 돌아앉았다.

"새 연극의 초대권을 받았단 말이야. 우리 셋이서 함께 갈까 하고……."

"오! 좋아요. 안 갈 이유가 있겠어요?" 하고 내가 말했다.

나는 너털웃음을 웃으면서 "현재 우리들의 상태로는 말이에요" 하고 덧붙일 뻔했다.

프랑스와즈는 나를 자기 방으로 데리고 갔다. 그리고서 내 외투보다 더 멋진 그녀의 외투들 중의 하나를 나에게 입혀 보았다. 그녀는 나에게 그 외투들을 한두 번 입히고는 나를 이리저리 돌려보며 칼라를 세웠다. 그러더니 그녀는 두 개의 칼라로 내 얼굴을 감싸고 붙잡았다. 그리고 나는 마음속으로, 언제나 마찬가지로 웃으면서 다음과 같이 생각했다. '나는 이 여자의 수중에 있다. 이 여자가 나를 질식시키는 것일까, 아니면 나를 물어뜯는 것일까?' 그러나 그녀는 미소 지었을 뿐이었다.

"당신 이 속에 그냥 묻혀 버리는데."

"정말이에요" 하고 나는 외투 생각은 하지 않고서 말했다.

"당신이 파리에 다시 돌아오면, 당신 좀 꼭 만나야만 되겠어요."

'왔구나!' 하고 나는 생각했다.

'뤽크 씨와 더 이상 만나지 말라는 소리를 할까, 내가 그럴 수 있을까?'

그러자 그 대답이 당장에 떠올랐다. '아니, 나는 그러지 못할 거야' 라고.

"왜냐하면 나 당신을 보살펴 주기로 결정했어요. 당신에게 더 걸맞는 옷도 입혀 주고, 또 저 학생들이며 저 도서관보다도 더 재미있는 것들을 보여 주려고 말이에요."

'아, 맙소사' 하고 나는 생각했다. '지금은 그럴 때가 아닌데, 지금은 그런 소리를 나에게 할 때가 아닌데' 하고.

"싫어?" 내 침묵에 대해서 그녀가 다시 또 되물었다.

"나는 당신이 내 딸과 같은 생각이 들어(그녀는 상냥하게 웃으면서 이 이야기를 했다). 만약 내 딸이 말썽스럽지 않고, 그저 인텔리일 뿐이라면 말이야……."

"당신은 너무 지나치게 친절하셔요" 하며 나는 '지나치게' 라는 말에 힘을 주어 말했다. "나는 어떻게 해야 할는지 모르겠어요."

"나한테 맡겨 두면 되는 거야" 하고 그녀는 웃으면서 말했다.

'난처하게 되었는걸' 하고 나는 생각했다. '그러나 만약에 프랑스와즈가 나를 좋아하고 또 만약에 그녀가 나를 보고 싶어 한다면, 나는 뤽크 씨를 더 자주 볼 수 있을 것이다. 차라리 그녀에게 내 속을 설명해 볼까. 어쩌면 그런 일쯤 그녀에겐 대수롭지 않을는지 모르지. 결혼한 지 십년이 지났는데 뭐.'

"왜 나를 좋아하셔요?" 하고 나는 물었다.

"당신은 뤽크하고 똑같은 성질의 사람이거든. 약간 불행한 성질을 타고난 사람이란 말이에요. 나 같은 베누스(사랑의 여신) 형의 사람에게 위안을 받아야만 하게끔 타고난 사람이란 말이지. 당신은 여기서 빠져 나가지 못할걸……."

마음속으로 나는 두 팔을 하늘 높이 치켜 올렸다. 그러고 나서 우리는 극장에 갔다. 뤽크 씨는 웃고 또 얘기했다. 프랑스와즈는 사람들을 나에게 설명해 주면서 저것은 누구며 같이 있는 것은 누구라는 것을 일러 주었다. 그들은 나를 내 하숙집까지 데려다 주었다. 그리고 뤽크 씨는 내 속바닥에 자연스럽게 키스했다. 나는 약간 얼떨떨해서 방으로 돌아가 잠을 자고 그들은 이욘느 행 기차를 탔다.

제2장

그러나 이욘느는 회색빛이었다. 또 견딜 수 없는 권태에 잠겨 있었다. 그것은 이미 일반적인 권태가 아니었으며, 어떤 한 인간의 권태였다. 일주일 후에 나는 파리로 돌아왔다. 내가 떠나던 날 어머니는 갑자기 잠에서 깨어나 나에게 행복하냐고 물었다. 나는 어머니에게 그렇다고 하여 안심을 시키고, 법과가 참 좋아서 열심히 공부한다고, 좋은 친구들이 있다고 했다. 그래서 어머니는 안심하고 그녀의 멜랑콜리로 다시 돌아갔다. 단 일초라도 나는 어머니에게 그 전부를 얘기하고 싶다고 생각지 않았다 — 작년만 같아도 나는 분명히 얘기했을 것이다 — 어머니에게 무엇을 이야기한단 말인가? 확실히 나는 나이를 먹은 것이다.

하숙집에서 나는 베르트랑이 써놓고 간 쪽지를 발견했다. 파리에 돌아오는 즉시로 전화를 걸어 달라는 부탁이었다. 볼 것도 없이 그것은 나에게 설명을 요구하는 일일 것이다. 왜냐하면 나는 카트린느의 조심성을 별로 믿지 않았기 때문이다.
— 어쨌든 나는 베르트랑에게 전화를 걸고 만날 약속을 했다. 그리고 약속 시간이 되기까지 기다리는 동안에 나는 대학 식당에 가서 이름을 등록했다.

여섯 시에 나는 생작크 로의 카페에서 베르트랑을 만났다. 아무 일도 없었던 것같이 느껴졌고 모든 것이 원상태로 다시 시작될 것만 같이 여겨졌다. 그러나 그가 일어서서 어색하게 내 볼에 키스를 했을 때 나는 현실을 깨달았다. 나는 비겁하게도 경쾌하고 무책임한 모습을 취하려고 했다.

"너 산뜻해졌다" 하고 나는 진정한 성의로 말했다. 속으로는 '유감' 이라고 냉소적으로 생각하며.

"나도 역시" 그는 짤막하게 말했다. "네가 알고 있기를 바랐다. 카트린느가 나에게 모든 것을 다 얘기했다는 것을."

"모든 것이 뭔데?"

"네가 코트 다쥐르에 가 있었다는 일 말이다. 그리고 한두 가지 정보와 맞추어 볼 때, 같이 간 사람이 뤽크였던 것으로 생각되는데. 사실이지, 아니야?"

"사실이야" 하고 내가 말했다. 나는 마음의 감동을 느꼈다. 그는 화난 빛이 없이 다만 냉정했고, 약간 슬퍼보였다.

"그렇다면 이것이 내 의견이야. 나는 나누어 갖지 못하는 타입의 사람이야. 나는 너를 아직 사랑해. 그런 일은 따지지 않을 만큼 충분히 사랑하고 있단 말이야. 그렇지만 질투를 한다거나 지난 봄처럼 너 때문에 괴로워한다거나 할 정도로 사랑하진 않아. 너의 선택이 있을 뿐이야."

그는 이야기를 단숨에 해버렸다.

"무엇을 선택하니?" 나는 난처해졌다. 뤽크 씨의 예측에 의하면, 나는 사건의 해결 방법으로서 베르트랑을 생각지 않고 있었던 것이다.

"네가 더 이상 뤽크와 만나지 않고 우리가 옛날대로 우리들의 관계를 계속해 가거나 또는 네가 그 사람과 만나면서 우리들의 좋은 친구가 되거나 선택하란 말이야. 그 뿐이지."

"물론이지, 물론이야."

나는 아무것도 말할 수가 없었다. 그는 성숙해졌고 신중해 보였다. 나는 그를 거의 찬탄하고 싶은 심정이었다. 그러나 그

는 나에게 있어서 이미 아무것도 아니었다. 완전히 아무것도 아니었다. 나는 나의 손을 그의 손 위에 놓았다.

"미안하다, 나는 할 수 없어" 하고 나는 말했다.

한순간 그는 말없이 창을 내다보면서 그대로 있었다.

"잊혀질 때까지 좀 고통스럽겠지" 하고 그가 말했다.

"나는 너를 괴롭혀 주고 싶지 않아." 다시 또 내가 말했다. 그리고 나는 정말로 고통스러웠다.

"이것이 가장 큰 곤경이라고 할 수는 없지" 하고 그는 자기 자신에게 이르듯이 말했다.

"너도 알다시피 결심이 서고 나면 편하지. 단념하지 않을 때가 괴롭단 말이야."

그는 갑자기 나를 향해서 몸을 돌렸다.

"너 그 사람을 사랑하니?"

"천만에"하고 나는 신경을 곤두세워 말했다. "그런 일은 문제도 되지 않을 소리지. 우리는 아주 기분이 잘 맞을 뿐이야. 그뿐이야."

"만약에 너에게 근심거리가 있거든 내게 말해." 그가 말했다. "그리고 너는 틀림없이 근심거리가 있을 거야. 두고 봐라. 뤽크 역시 별것이 아닐 테지. 그는 한낱 슬픈 인텔리겐차야. 그뿐이지."

나는 넘치는 기쁨을 가지고 뤽크 씨의 정다움이며 또 그의 웃음을 생각했다.

"나를 믿어. 어차피" 하고 그는 심각하게 덧붙였다. "내가 여기 있을 것이니까. 알았지. 도미니크, 난 너와 함께 굉장히 행복했다."

우리들은 둘이 다 울고 싶은 기분이었다. 베르트랑으로 말하면 두 사람의 사랑이 끝났기 때문이며 또 그런 대로 희망을 지니고 있었을 테니까 그랬을 것이고, 나로 말하면 혼돈된 아방튀르로 뛰어드는 마당에 내가 타고난 보호자를 잃는 것 같은 마음이 들었기 때문이다. 나는 일어서서 그에게 가볍게 키스해 주었다.

"다시 보자, 베르트랑. 용서해, 응."

"잘 가"하고 그는 따뜻하게 말했다.

나는 완전히 우울해져서 나왔다. 새학년도의 개시가 잘 된 셈이다.

카트린느가 내 방에서 나를 기다리고 있었다. 침대 위에 걸터앉아서 우울한 모양을 하고 있었다. 내가 방으로 들어가자, 그녀는 일어서며 나에게 손을 내밀었다. 나는 열의 없이 그의 손을 잡으며 앉았다.

"도미니크, 사과하려고 생각했었어. 내가 베르트랑에게 아무 소리도 말았어야 하는 것인데 그랬지, 넌 어떻게 생각하니?"

나는 그녀가 나에게 그런 질문을 제기해 온 것만도 신통하게 여겼다.

"그까짓것 대수로울 것 없어. 내가 직접 베르트랑에게 말했더라면 아마 더 좋았겠지만, 하지만 대수로울 것 없어."

"그러니?" 하고 그녀는 짐을 던 것같이 말했다.

그녀는 만족스런 그리고 흥분된 표정으로 침대 위에 다시 앉았다.

"그러면 이젠 얘기해 다오."

나는 아무 말도 없이 머물러 있다가 웃음을 터뜨리고 말았다.

"아니! 없어. 카트린느야. 너는 멋있는 애야. 네가 베르트랑을 단번에 해치웠단 말이야 — 자, 처리할 일도 끝났고 — 그러면 이제 거북한 일이 끝났으니까 재미있는 일을 하면 되는 거야!"

"얘, 너 사람 놀리지 마" 하면서 카트린느는 어린애처럼 말했다.

"나한테 모두 다 얘기하려무나."

"얘기할 거리가 아무것도 없어." 나는 냉랭하게 말했다. "나 마음에 드는 사람하고 코트 다쥐르에서 15일간을 보냈어. 여러 가지 이유로, 이야기는 거기서 그만이야."

"결혼한 사람이냐?" 그녀는 교활하게 물었다.

"아니, 귀머거리 벙어리야. 자 이제 내 여행 가방을 풀어야겠다."

"난 안심이다. 너는 나에게 모든 것을 다 얘기할 테니까" 하고 카트린느는 말했다. '좋지 못한 사태지만 이것은 아마 사실이 될 수도 있는 일이지' 하고 나는 옷장을 열면서 생각했다. '어느 날이고 우울한 날에…….'

"그런데 말이지, 나는 말이야" 하고 그녀가 계속 말했다.

마치 무슨 큰 고백이나 하듯이.

"난 사랑을 하고 있어."

"누구를?" 내가 말했다. "아! 물론 그 마지막 사람."

"그 얘기 너에게 별로 흥미 없다면야……"

그러나 그녀는 계속했다. 나는 화가 난 채 짐을 정리했다. '어째서 나는 이렇게 어리석은 친구들만 가지고 있는 것일까? 뤽크 씨 같으면 이런 여자는 견디지 못할 거야. 하지만 뤽크 씨가 무엇 때문에 이 문제 속에 관계가 있겠는가? 이 일 속엔 어쨌든 나의 인생이 있다.'

"결국 그를 사랑한다" 라며 그녀는 얘기를 마쳤다.

"네가 사랑한다고 하는 것이 대체 누구야?" 나는 호기심을 가지고 물었다.

"모르겠다. 나도, 사랑한다는 것은 누군가를 생각하고 그 사람과 외출하고 그를 제일 좋아하고, 그런 것 아니야?"

"모르겠다. 어쩌면 그럴 것도 같고."

나는 가방 정리를 끝냈다. 나는 맥이 빠져 가지고 침대 위에 앉았다. 카트린느가 상냥해졌다.

"나의 도미니크, 너 미친 것 아니야. 너 아무것도 생각지 않고 있는데, 오늘 밤엔 우리와 함께 가자. 나 장 루이와 함께 외출한다구. 그리고 그의 친구 중의 한 사람하고. 문학을 하고 있는 아주 머리가 좋은 아이야. 같이 나가면 네 기분이 좀 풀릴 거다."

어찌 되었건 나는 그 다음날이 되기 전에 뤽크 씨에게 전화할 생각이 없었다. 그리고 나는 괴로워했다. 인생이 하나의 침울한 회오리바람처럼 여겨졌다. 그리고 때로 그 중심에 유일하게 안정된 요소로서 뤽크 씨가 회오리바람같이 여겨졌다. 그이만이 나를 이해했고 나를 도와주었다. 나는 그가 필요했다.

그렇다. 나는 그를 필요로 하고 있는 것이다. 나는 아무것도 그에게 요구할 수가 없었다. 그렇지만 그래도 역시 그에게는 막연한 책임이 있는 것이다. 그런 중에서도 어쨌든 그에게 그와 같은 일을 알려서는 안 된다. 사회의 규약은 어디까지나 규약이다. 특히 그것이 남에게 피해를 입히는 경우에는 더욱 그러해야 한다.

"가자" 하고 나는 말했다. "너의 장 베르나르와 그리고 머리가 좋다는 그의 친구를 만나러 가자. 나는 지성知性 따위 대수롭게 여기질 않아, 카트린느야. 아니, 그건 정말이 아니고, 하지만 나는 슬픈 지식인밖엔 좋아하지 않아. 요령 있게 잘 꾸려 나가는 그런 사람들에겐 나는 신경이 쓰인다니까."

"장 루이야" 하고 그녀는 항의했다. "장 베르나르가 아니란 말이야. 그리고 잘 꾸려 나간다니, 무슨 말이니?"

"저것 말이다" 하고 나는 허풍스레 말하면서 창 위로 온화한 지옥의 슬픔을 지닌, 회색과 장밋빛을 띤 얕은 하늘을 가리켰다.

"너 좀 이상하다" 하고 카트린느는 걱정스런 목소리로 말했다. 그리고서 계단을 내려오면서 그녀는 내 팔을 잡으면서 층계에 옮겨 놓는 내 발치를 살펴 주었다. 결국 따지고 본다면 나는 그녀를 꽤 좋아한 셈이다.

그녀의 장 루이는 미남이었다. 약간 건달풍의 미남이었지

만, 그렇다고 불유쾌하지는 않았다. 그러나 그의 친구 알랭은 훨씬 더 세련되고 재미있었으며, 특히 베르트랑에게 결여된, 지식인 속의 쏘는 것 같은 일종의 예리성이며 또 단순치 않은 그 어떤 불성실스러움 같은 것을 지니고 있었다. 우리는 제자리를 얻지 못한 — 적으나마 카페 속에서는 — 갈망으로 그들의 정열을 과시하고 있던 카트린느와 그녀의 연인하고 일찌감치 헤어졌다. 알랭은 나를 내 하숙집까지 바래다주면서 스탕달과 문학을 얘기했다. 나는 2년 만에 처음으로 이런 것에 흥미를 느꼈다. 그는 밉지도 않고 미남도 아니었으며 아무렇지도 않았다. 나는 기꺼이 그 다음다음날 그와의 점심식사를 수락했다. 그날이 뤽크 씨의 한가로운 날이 아니기를 기원하면서 이미 모든 것이 그에게 집중되고 있었다. 모든 것이 그에게 의존해서 좌우되었고 또 내가 없이 이루어져 갔다.

제3장

요컨대 나는 뤽크 씨를 사랑했다. 나는 내가 새로이 그와 함께 지내게 된 첫날밤에 처음으로 그것을 깨달았다. 그것은 세느 강변의 한 호텔에서였다. 그는 사랑이 끝난 후에 천장을 보고 가만히 누워 있었다. 그는 두 눈을 감고서 나에게 말했다. "키스해 줘"하고 . 나는 그에게 키스하려고 팔꿈치로 몸을 세우고 일어났다. 그러나 그에게 몸을 기울이면서 나는 일종의 구토증에 사로잡혔다. 이 얼굴, 이 남자, 이것이 나에게 있어서 유일한 것이라고 하는 돌이킬 수 없는 확신에 사로잡혔다. 그러고 이 견딜 수 없는 쾌락이, 나를 뤽크 씨의 입술 가에 붙잡아 두고 있는 기다림이 확실히 쾌락이라는 것, 사랑의 기다림이라는 것을 알았다. 그리고 내가 그를 사랑하고 있다는 것을 알았다. 나는 그에게 키스를 하지 않고 공포의 작은 신음 소리와 함께 그의 위에 엎드렸다.

"너 졸립구나"하며 그는 내 등으로 손을 돌리면서 말했다.

그리고 약간 웃었다. "너는 마치 조그만 한 마리의 동물과 같구나. 사랑 뒤에 너는 잠을 자거나 또는 목이 마르거나 하니?"

"나, 생각하고 있었어요. 내가 선생님을 꽤 좋아하고 있다구요." 내가 말했다.

"나도 마찬가지야." 그도 말했다. 그리고는 내 어깨를 토닥거렸다……. "사흘 동안 만나지 않더니, 너는 나에게 선생님(Vous〔당신〕 칭호로서 tu〔너〕 칭호보다 더 거리감을 느끼는 호칭) 칭호를 쓰는구나. 무슨 이유지?"

"나는 선생님을 존경해요. 나는 선생님을 존경하고 또 사랑해요" 하고 내가 말했다.

우리는 함께 웃어댔다.

"아녜요, 진지한 얘기란 말예요" 하고 나는 내친 김에 마치 이 번뜩이는 생각이 지금 막 머리에 떠오른 것처럼 되풀이하여 말했다. "만약에 내가 선생님을 정말로 사랑한다면 선생님 어떻게 할래요?"

"그렇지만 너는 나를 정말로 사랑하지 않는 거니?" 눈을 감은 채로 그가 말했다.

"내가 말씀드리고 싶은 것은, 만약에 선생님이 나에게 없어서는 안 될 사람이고, 내가 선생님을 언제고 독점하려 한다면 말씀예요."

"내가 아주 난처하겠지" 하고 그가 말했다. "그리고 우쭐거리지도 못하겠지."

"그렇다면 나에게 뭐라고 말씀하시겠어요?"

"나는 너에게 이렇게 말하겠지. '도미니크, 그런데…… 도미니크, 나를 용서해 줘' 하고."

나는 한숨을 지었다. 그러니까, 그는 조심스럽고 양심적인 남자의 지긋지긋한 반응을, '그러니까 내가 너에게 말하지 않았어' 하는 따위의 반응을 보이지 않은 것이다.

"나는 진작부터 선생님을 용서하고 있는데요" 하고 내가 말했다.

"담배 한 개비만 이리 보내 다오. 너 있는 쪽에 있어" 하고 그는 고단한 투로 말했다.

우리는 아무 말 없이 담배를 피웠다. 나는 생각했다.

"자아, 나는 그를 사랑한다. 아마도 이 사랑은 '나는 그를 사랑한다'는 생각뿐인지도 모른다. 하지만 '그것' 이외로 나는 구제되지 못한다"고.

사실 금주 내내 '그것' 밖에 존재하지 않았다. "너, 15일에서 16일 밤까지 자유로우냐?"하고 물어온 뤽크 씨의 전화, 그 말이 세 시간이나 네 시간만큼씩 되울려 오는 것이었다. 그가

얘기한 대로의 그 냉랭한 말투로, 그러나 매번 그 말은 나의 마음속의 행복과 숨막힘과의 사이의 그 애매한 중량을 흔들어 놓는 것이었다. 그리고 지금 나는 그의 곁에 있으며 시간은 가는 것이다. 아주 길게 그리고 아주 하얗게 지나가는 것이다.

"난 이제 가야 되겠다. 다섯 시 오분 전인데! 너무 늦었어" 하고 그가 말했다.

"그렇군요." 내가 말했다. "프랑스와즈, 집에 있어요?"

"프랑스와즈한테는 벨기에 인들하고 몽마르트르에 간다고 했어. 그런데 카바레는 지금쯤 닫혔을 거야."

"프랑스와즈가 뭐라고 할까요? 너무 늦었어요. 아무리 벨기에 인이라 하더라도 말에요."

그는 눈을 감고서 얘기했다.

"난 집에 돌아가면 기지개를 켜면서 이렇게 말할 거다. '오! 그 벨기에 인들이라니!' 하고. 그러면 프랑스와즈가 돌아다보면서, '욕실에 라크아젤제에가 있어요' 할 거야. 그리고 다시 잠들 거야. 그뿐이지."

"분명히 그러겠지요!" 하고 내가 말했다. "그리고 내일이면 당신은 카바레니 벨기에의 풍습이니 하는 것들에 대해서 한두 마디 대수롭지 않게 얘기를 하시겠죠."

"오! 그저 한두 마디씩 하겠지… 나는 거짓말엔 취미가 없으니까. 무엇보다도 그럴 시간이 없으니까."

"그럼 무슨 시간이 있으신 거죠? 하고 내가 말했다. 그럴 욕망도 없고. 만약에 내가 무엇인가를 할 수 있었다면, 나는 너를 사랑했을 거다."

"그래서 무엇이 바뀌었던가요?"

"아무것도, 우리들을 위해서 아무것도 바뀌지 않을 것이다. 결국 나는 아무것도 바뀌지 않는다고 생각해. 단지 나는 너 때문에 불행해지겠지. 그런데 나는 행복하단 말이야".

나는 이것이 조금 전에 내가 한 말에 대한 경고인가 하고 자문했다. 그러나 그는 의식적인 태도로 자기 손을 내 머리 위에 얹고서 말했다.

"나는 너한테는 무슨 소리라도 할 수 있다. 나는 그것이 좋아. 나는 프랑스와즈에게는 내가 정말로 그녀를 사랑할 수 없다는 말을 할 수 없다구. 그녀에게 우리들은 신기하고 적절한 토대가 없노라고 말할 수가 없다고. 우리들의 토대는 나의 피로고 나의 권태야. 뿐만 아니라 그것은 단단한 토대란 말이야, 훌륭한 토대야. 우리는 그와 같은 고독하고 권태로운 것들 위에는 영속적인 남녀 관계를 건축할 수 있단 말이야. 조금도 그것은 꼼짝 안 한단 말이야."

나는 그의 어깨에서 머리를 들었다.

"그런 것들은……."

나는 격렬한 감정에 사로잡혀 '쓸데없는 소리들이에요' 하고 덧붙이려 했다. 그러나 입을 다물었다.

"그런 것들은 뭐야, 말해 봐? 어렵쇼 저런, 젊은 사람들은 때로는 분개하기도 하는구나?"

그는 애정을 지니고 웃어댔다.

"내 귀여운 고양이야. 너는 너무나 젊다. 너무나 무방비야. 그리고 상대방을 너무나 무방비상태로 만들어. 다행하게도 그것이 나에겐 안심이다."

그는 나를 하숙집까지 데려다 주었다. 나는 이튿날 그와 프랑스와즈와 그리고 그들의 친구 한 사람과 함께 점심 식사를 하기로 되어 있었다. 나는 그에게 작별 인사를 하기 위해 자동차 창 너머로 그와 키스를 했다. 그의 얼굴이 늙어 보였다. 그 늙음이 내 마음을 약간 아프게 했다. 그리고 한순간 그것이 그를 한층 더 사랑하게 만들었다.

제4장

그 이튿날 나는 원기왕성하게 잠에서 깨어났다. 잠을 덜 잔 날이면 나는 언제고 기분이 좋았다. 나는 자리에서 일어나 창가로 가서 파리의 공기를 숨쉬었다. 그리고서 별로 구미가 당기지 않는 담배를 한 대 피워 물었다. 그리고는 다시 또 잠자리에 가 누웠다. 자리에 눕기 전에 거울에 모습을 비춰 보니 눈 언저리에 검은 자리가 생겨 몰골이 우스웠다. 요컨대 좋은 얼굴이었다. 나는 내일부터 방에 스팀을 넣어 달라고 하숙집 주인 아주머니에게 부탁하기로 결심했다. 결국 이래 가지곤 너무 추웠기 때문이었다.

"이건 너무 독한 추위란 말이야" 하고 나는 큰소리로 말했다. 내 목소리는 쉰 목소리로 우습게 들렸다.

'사랑하는 도미니크여' 하고 나는 계속했다. '당신은 사랑을 하고 있습니다. 그것을 치료해야만 됩니다. 산책을 한다든지, 계획적인 독서를 한다든지… 어쩌면 가벼운 공부가 필요

합니다. 그것입니다.'

나는 자기 자신에게 호감을 갖지 않을 수 없었다. 자아, 나는 일종의 유머를 갖고 있는 것이다. 이게 뭐람! 나는 기분이 좋았다. 사랑이여, 내게로 오라! 무엇보다도 첫째는, 내가 나의 정염情炎의 대상과 함께 점심을 먹기로 되어 있다. 나는 육체적인 만족감, 나는 그 만족감의 이유를 알고는 있었지만 그 만족감에서 오는, 노자돈과 같은 여린 무관심을 지니고 프랑스와즈와 뤽크 씨네 집으로 찾아갔다. 나는 버스에 뛰어올랐다. 그리고 남자 차장이 그것을 기회로 나를 부축해 준다는 구실 아래 내 몸을 팔로 감아 안았다. 나는 그에게 차표를 내밀었고 우리는 공범자의 웃음을 교환했다. 그는 남자가 여자에게 주는 미소로, 나는 여자를 밝히는 남자들에게 익숙한 여자의 미소로서, 나는 포도鋪道 위로 덜커덩거리고 가는 약간 흔들리는 버스의 입석 난간 버팀대에 기대 서 있었다. 아주 좋았다. 나는 아주 기분이 좋았다. 턱과 가슴 사이로 기지개를 켜는 불면 덕택에 아주 좋았다.

프랑스와즈네 집에는 내가 알지 못하는 한 친구가 이미 와 있었다. 그는 상당히 뚱뚱하고 얼굴이 불그레한 무뚝뚝한 남자였다. 뤽크 씨는 그 자리에 없었다. 그것은, 그가 간밤에 벨기에 인 고객들과 함께 밤을 새워서 열 시에야 겨우 일어난 때문이라고 프랑스와즈가 얘기했다. 그 벨기에 인들은 몽마르트르(물랭 루즈로 유명한 나이트클럽이 많은 지역)와 함께 귀찮은 존재라고 했다. 나는 그 뚱뚱한 남자가 나를 쳐다보는 것을 보고는 내 얼굴이 붉어지는 것을 느꼈다.

뤽크 씨가 들어왔다. 그는 피로한 모습을 하고 있었다.

"여어, 피에르로군, 잘 있었나!" 하고 뤽크 씨가 말했다.

"자네, 내가 올 것을 기대하지 않았었나!"

그는 무엇인가 도전적이었다. 어쩌면 그것은 단순히 뤽크 씨가 내가 와 있는 일에 놀라지 않고, 그가 와 있는 일에 놀란 까닭인지도 모를 일이었다.

"아니지 기다렸지. 이 사람아, 기다렸다마다" 하고 뤽크 씨는 귀찮은 듯한 웃음을 머금고 말했다. "여기엔 아무것도 마실 것이 없는 거야? 도미니크, 네 컵 속의 그 노란 아름다운 것이 무엇이냐?"

"연한 빛 위스키에요. 선생님은 그것마저도 분간하지 못하셔요?"

"그래" 하면서 그는 마치 정거장 걸상에 앉을 때처럼 안락의자의 끝에 가 걸터앉았다. 그리고는 우리들에게 방심한 듯한 무관심스런 눈초리를 — 여전히 정거장에 있는 사람 같은 눈초리를 — 던졌다. 그는 어린애 같은 표정에 고집스런 표정을 지녔다. 프랑스와즈가 웃어댔다.

"어머, 가엾은 뤽크 당신은 거의 도미니크나 마찬가지로 안색이 좋지 않네요. 게다가 또 우리 귀여운 아가야. 나는 이 일에 끝장을 낼려고 하고 있단 말야. 나는 베르트랑에게 말하려 하고 있어……."

그녀는 자기가 베르트랑에게 무엇이라고 말할 것인가를 설명했다. 나는 뤽크 씨를 쳐다보지 않았다. 우리는 프랑스와즈에 대해서 아직 한 번도 공범 관계를 가졌던 일이 없다. 천만다행이었다. 그것은 이상스럽기까지 했다. 우리는 그녀에 대해서 우리들에게 약간의 근심을 끼치는 아주 귀여운 어린애와 같이 이야기하여 왔다.

"이런 종류의 법석은, 누구한테고 좋은 결과를 가져오진 않을 것이네" 하고 그 피에르라는 이름의 남자가 말참견을 했다. 그리고 나는 갑자기 이런 생각이 들었다. 아마도 칸느의 일 때문에, 그가 우리의 관계를 알고 있는지도 모를 것이라고, 그것이 처음의 그 경멸한 듯싶은 그의 시선이며, 냉담성이며 또 반쯤 빗대는 것 같던 그의 태도들을 설명해 주었다. 나는 우리가 거기서 그와 만난 일을 갑자기 생각해 냈다. 그리고 뤽크 씨가 나에게 그는 프랑스와즈에게 굉장히 연연하고 있다고 말한 것이 생각났다. 이 남자는 분개하고 있었을 것이다. 어쩌면 지껄였는지도 모를 일이다. 카트린느 식으로, 친구한테는 아무것도 감추지 않고 보탬이 되려 하며, 나쁜 일은 그저 넘기지 않는 등등…. 그리고 만약에 프랑스와즈가 안다면, 만약에 그녀가 나를 경멸의 눈초리로 바라본다면, 분노로서 또 그녀하고는 대단히 거리가 먼 그런 형태의 모든 것으로 바라본다면, 그리고 내 자신으로서는 결코 그와 같은 눈초리로 보여질 까닭이 없다고 느끼는 그와 같은 눈초리로 그녀가 나를 바라본다면, 나는 어떻게 해야 될 것인가?

"자 점심 먹으러 갑시다. 나 배고파 죽겠어요" 하고 프랑스와즈가 말했다.

우리들은 근처에 있는 레스토랑으로 걸어서 갔다. 프랑스와즈가 내 팔을 잡고 가고 남자들이 뒤를 따라왔다.

"대단히 따뜻하죠" 하고 그녀가 말했다. "나는 가을이 참 좋아요."

그러나 나는 왠지 모르게 그 말이 칸느의 방과 뤽크 씨가 창가에서 '목욕이나 하고 오려무나. 그리고 스코치나 한 잔 마셔. 그리고 나면 기분이 좋아질 거다' 한 얘기가 생각났다. 그것은 첫날이었다. 나는 그리 행복하지 않았다. 닥쳐올 15일간이, 뤽크 씨와의 15일간의 낮과 밤이 대기하고 있었다. 그리고 그것은 현재 내가 가장 원하고 있는 일이며, 그러면서도 그것은 절대로 다시 돌아오지 아니하리라. 만약에 내가 그것을 알았다면……하지만 만약에 내가 그럴 줄 미리 알았다 치더라도 그것을 마찬가지였을 것이다. 이런 일에 관한 프루스트의 말이 있다. '행복이, 그것을 상기시킨 욕망 위에 정확히 놓여지기란 매우 어려운 일이다.' 어젯밤에 그 일이 바로 나에게 닥쳐 온 것이다. 내가 뤽크 씨의 얼굴에 내 얼굴을 가까이 했을 때, 나는 일주일 내내 그 일을 소망하고 있었는데도 이 우연이 나에게 일종의 구토증을 일으켰던 것이다. 그것은 아마도 언제나 나의 생활을 구성하고 있는 공허가 갑자기 사라졌기 때문인지도 모를 일이다. 그 공허는 나의 인생이 나에게 합치하지 않는다고 하는 감정으로부터 온 것이다. 그런데 그와는 반대로 그 순간에 나는 마침내 나의 인생에 합치하고 그 정상에 도달한 것 같은 생각이 든 것이다.

"프랑스와즈!" 하고 우리들 뒤에서 피에르가 불렀다.

우리는 뒤돌아보았다. 그리고 짝을 바꾸었다. 나는 적갈색의 가로수 길을 뤽크 씨 곁에서 똑같은 보조로 다시 걸었다. 그리고 우리는 같은 생각을 하고 있었던 것 같다. 왜냐하면 그는 나에게 거칠어 보이는 시선으로 질문의 눈초리를 던지고 있었기 때문이다.

"그렇군요" 하고 나는 말했다.

그는 쓸쓸하게 어깨를 추스렸다. 알아차릴 수 없을 정도의 미미한 동작으로 얼굴을 들어 올렸다.

그는 주머니에서 담배 한 개비를 꺼냈다. 걸어가면서 담배에 불을 붙이더니 그것을 나에게 내밀었다. 답답한 일이 생길 때마다 그는 이런 짓을 했다. 그렇지만 그는 기벽이라곤 없는 사람이었다.

"저 자는 너하고 나하고의 관계를 알고 있단 말야." 그가 말했다.

그는 겉보기로는 근심이 없이 생각에 잠긴 것처럼 말했다.

"중대해요?"

"저 자는 프랑스와즈를 위로해 줄 수 있는 기회를 놓치지는 않을 거야. 이 경우에 위로해 준다는 말이, 그 어떤 극단적인 일을 가리키는 것이 아니라는 것을 덧붙이긴 하지만."

나는 한순간, 그의 남자다운 자신에 감탄했다.

"저 자는 순한 멍청이야. 프랑스와즈의 대학 시절 친구야. 짐작이 가지?" 하고 그가 말했다.

나는 짐작이 갔다.

그는 덧붙였다.

"그 일이 프랑스와즈를 괴롭힌다는 점에서 곤란하단 말야. 그 상대가 너라는 사실이……."

"정말 그렇군요" 하고 내가 말했다.

"네 문제를 위해서도 역시 곤란하단 말야. 만약에 프랑스와즈가 그 일을 네가 나빴던 탓이라고 본다면 말이다. 프랑스와즈는 너를 위해서 참 잘해 주었는데 말야. 프랑스와즈는, 그 사람은 믿을 수 있는 친구였었는데 말이다."

"나에겐 믿을 수 있는 친구가 없어요" 하고 나는 슬프게 얘기했다. "나에겐 믿을 수 있는 것이라곤 아무것도 없다구요."

"슬픈가?" 그가 물었다. 그리고는 내 손을 잡았다.

나는 한순간 그가 이렇게 드러나게 남의 눈에 띄는 위험한 행동을 하는 데 대해서 감동했다. 그리고는 슬픔에 사로잡히고 말았다. 사실 그는 나의 손을 잡았고 우리들은 프랑스와즈의 눈앞에서 함께 걷고 있는 것이다. 그러나 프랑스와즈는 그것이 그러는 것, 피로한 사나이 뤽크가 내 손을 잡고서 걸어가고 있다는 사실을 잘 알고 있을 것이다. 그렇지만 그녀는 분명히 뤽크 씨가 양심에 가책을 느낀다면, 그런 짓을 하지 않을 것으로 생각할 것이다. 그렇다. 그는 별로 큰 위험을 무릅쓰고 있는 것이 아니다. 그는 무심한 남자였던 것이다. 나는 그의 손을 꼭 잡았다. 물론 그것은 뤽크 씨 그였다. 그이 이외의 다른 아무도 아닌 것이다. 그리고 그것이 나의 그날그날을 메우기에 충분하다는 사실은 여전히 나를 놀라게 했다.

"슬프지 않아요, 조금도" 하고 나는 대답했다.

나는 거짓말을 하고 있었다. 나는 그에게 내가 거짓말을 하고 있노라 말하고 싶었던 것이다. 그리고 사실인 즉, 나에겐

그가 필요하다고 말하고 싶었던 것이다. 그러나 그와 같은 것은 모두 다 내가 그의 옆에 서 있게 되자마가 비현실적인 일처럼 생각되는 것이었다. 아무것도 없었던 것이다. 즐거웠던 15일간과, 여러 가지 상상들과 후회 이외의 다른 아무것도 없었던 것이다. 그런데 어째서 이처럼 내 마음이 찢어지는 듯싶을까? 사랑의 고통스러운 신비다, 하고 나는 조롱하면서 생각했다. 사실은 나는 나를 조롱하고 싶었다. 왜냐하면 나는 내가 행복한 사랑을 갖기 위해서 충분히 강했고 충분히 자유로웠으며, 또 충분한 재능이 있다는 사실을 알고 있었기 때문이다.

점심 식사는 길었다. 나는 마음이 산란해 가지고 뤽크 씨를 바라보았다. 그는 미남이었고 총명했고 지쳐 있었다. 나는 그로부터 떨어지고 싶지가 않았다. 나는 막연히 겨울 계획을 세우고 있었다. 나와 헤어지면서 그는 나에게 전화를 하마고 했다. 프랑스와즈도 역시 누군지 모른 어떤 사람에게 나를 데리고 가기 위해서 전화하겠노라 했다.

그들은 양쪽 다 전화를 주지 않았다. 그것이 열흘 계속되었다. 뤽크 씨의 이름이 나에게 짐스러워졌다. 마침내 그에게서 전화가 왔다. 프랑스와즈가 그 일을 알았다는 소리와 일이 밀렸기 때문에 좀 한가해지면 곧 전화를 한다는 소리였다. 그의 목소리는 상냥했다. 나는 잘 모르는 채로 내 방 안에 꼼짝을 않고 그대로 머물러 있었다. 나는 알랭과 저녁을 먹기로 되어 있었다. 그는 나를 위해 아무런 도움이 되지 못했다. 나는 마치 지쳐 버린 것과 같았다.

나는 그 후로 2주 동안에 뤽크 씨와 두 번을 만났다. 한 번은 볼테르 강둑의 바에서였고, 또 한 번은 그 일전에도 후에도 서로 얘기라고는 한마디로 없었던 어떤 방 안에서였다. 모든 것에서 저 좋지 않은 제맛이 났다. 인생이 어느 정도까지 로마네스크(소설적, 황당무계한) 한 관습을 인정할 것인가에 대해서 알아보는 일은 언제고 흥미로운 일이다. 나는 내가 확실히 기혼 남자의 쾌활한 작은 공범자가 되기에는 적당하지 않다는 것을 알았다.

나는 그를 사랑하고 있었다. 그것을 미리 생각해 두었어야 될 일이다. 다소나마 그것이 사랑이 될 수 있다는 것을 생각했어야만 될 일이다. 이 집념, 이 괴로운 불만의 감정. 나는 웃어 보려 했다. 그는 대답이 없었다. 그는 조용히 얘기했다. 마치 죽어 가듯이……프랑스와즈는 굉장히 괴로워했다는 얘기였다.

그는 나에게 무엇을 하고 있느냐고 물었다. 나는 그에게 공부도 하고, 책도 읽는다고 대답했다. 나는 단지 그 책에 관해서 그에게 얘기하리라는 생각 때문에 독서했고, 또 그가 감독을 안다고 나에게 말한 영화에 관해서 그에게 얘기하리라는 생각으로 영화 구경을 갔었다. 나는 절망적으로 우리들 사이에서 유대가 될 것들을 찾고 있었던 것이다.

그러나 그런 것들은 없었으며, 그럼에도 불구하고 우리들은 후회하지 않았다. 나는 그에게 '기억하세요' 하고 말할 수가 없었다. 그렇다면 그것은 속임수이자 그를 두렵게 만들 것이다. 나는 차마 그에게 내가 거리의 도처에서 그의 자동차를 눈여겨본다느니, 또 연방 그의 전화번호를 돌리다 만다느니,

하숙집에 돌아오기가 무섭게 그에게서 무슨 전갈이라도 없었나 하고 애가 타서 물어본다느니 하는 말을 할 수 없었다. 그리고 모든 것이 그에게로 집중되고 내가 죽어 버렸으면 할 정도라는 것을 말할 수 없었다.

나는 아무런 권리도 없었던 것이다. 아무것도, 그러면서도 이 순간 그의 얼굴이, 그의 손이, 그의 다정한 목소리가, 견딜 수 없는 과거의 모든 것이……나는 야위어 갔다.

알랭은 친절했다. 나는 그에게 어느 날 모든 것을 다 이야기했다. 우리들은 몇 킬로미터를 걸었다. 그리고 그는 나의 연애를 마치 문학처럼 논의했다. 그래서 나는 한 걸음 물러서서 자기 자신이 그 일에 관하여 말할 수 있었던 것이다.

"너도 알겠지만 이런 일은 결국엔 끝나는 거야" 하고 그가 말했다. "반년이나 일년쯤 후면 너는 이것에 대해서 농담을 할 거다."

"나는 그러고 싶지 않아" 하고 나는 말했다. "그것은 단지 내가 나를 지킨다는 점에서가 아냐. 그것은 우리가 함께 있었던 전부란 말이야. 그 칸느, 우리들의 웃음, 우리들의 의합함."

"하지만 그것은 네가 어느 날이고 그런 것들이 아무것도 아니라는 것을 알게 되는데 하등의 방해도 되지 않을 거야".

"난 잘 알고 있어, 그렇지만 나에겐 그런 것이 깊이 느껴지지 않는단 말야. 나에겐 그런 것은 마찬가지야. 지금은 그 일밖엔 없어."

우리들은 걸었다. 그는 밤에 나를 또다시 내 하숙집으로 데

려다 주었다. 그리고 내 손을 부드럽게 붙잡았다. 나는 돌아오자마자 하숙집 아주머니에게 뤽크 씨로부터 전화가 오지 않았느냐고 물었다. 그녀는 웃으면서 안 왔다고 했다. 나는 침대 위에 누워서 칸느에서의 일을 생각했다.

나는 자신에게 말하는 것이었다. '뤽크 씨는 나를 사랑하지 않는다' 고. 그러자 그것이 나에게 작은 통증을 심장에 주었다. 나는 그 생각을 나에게 되풀이하여 말했다. 그러자 그 작은 통증이 다시 왔다. 때로는 똑같은 예리성으로, 그래서 나는 한 발짝 앞으로 나선 것 같이 느껴졌다. 즉 이 조그만 아픔이 내 마음대로 된다는 단 한가지 사실에 의해서.

그것은 언제고 내 호소에 따를 준비가 돼 있고, 충실하게 머리끝까지 무장이 돼 있었지만 내 마음대로 된다는 단 한 가지 사실에 의해서 나는 한 발짝 앞으로 나선 것 같이 느꼈던 것이다. 내가 '뤽크 씨는 나를 사랑하지 않는다' 고 말할 때마다 이 놀라운 일이 발생했다. 그러나 이 아픔이 거의 내 마음대로 된다고 했지만 그것이 생각지도 않게 강의 중이며 또는

식사 중에 다시 나타남으로 해서 나를 놀라게도 했고 또 나를 괴롭히기도 했다. 거기에 또 나는 이 매일매일의 이유 있는 권태며, 비 오는 날의 벌레 같은 존재, 아침의 피로, 따분한 강의, 대화 같은 것들, 그런 것들을 피할 수가 없었던 것이다. 나는 괴로워하고 있었다. 나는 그 어떤 아무것이라도 좋은 호기심이며 아이러니로 내가 괴로워하고 있다고 나에게 말함으로써, 불행한 연애라고 하는 그 비참하고 자명한 사실을 피하려 하고 있었다.

올 것이 오고야 말았다. 나는 어느 날 밤, 뤽크 씨와 다시 만났다. 우리는 그의 자동차로 숲(파리 시내의 공원 지대)을 배회했다. 그는 나에게 한 달간 미국에 가 있을 것이라고 말했다. 나는 그것은 재미있겠다고 했다. 그리고는 현실이 나를 붙잡았다. 일 개월, 나는 담배 한 개비를 꺼냈다.

"내가 다시 돌아올 때는, 너는 나를 잊고 있을 게다."

그가 말했다.

"어째서요?" 내가 물었다.

"내 가엾은 아가야. 너를 위해서 그것이 좋을 것이다. 훨씬 더 좋을 것이야." 그리고서 그는 차를 세웠다.

나는 그를 쳐다보았다. 그는 다정하면서도 슬픈 얼굴 표정이었다. 그와 같이 그는 알고 있었던 것이다. 그는 모든 것을 알고 있었던 것이다. 단지 한 사람의 남자를 잃을 뿐이 아니었다. 그는 친구이기도 했던 것이다. 나는 갑자기 그에게 매달렸다. 나는 그의 볼에 나의 볼을 대었다. 나는 나무 그늘들을 바라보았다. 나는 믿기 어려운 소리를 지껄이는 나의 목소리를 들었다.

"뤽크, 이제는 불가능해요. 나를 버리고 가면 안 돼요. 당신 없이는 못 살아요. 여기에 있어 줘요. 나는 고독해요. 단지 혼자란 말예요. 도저히 견딜 수 없어요."

나는 놀라움을 가지고 나 자신의 목소리를 듣고 있었다. 그것은 조심성 없고 젊은 애원의 목소리였다. 나는 뤽크 씨가 나에게 말할 수 있었던 소리들을 나에게 말하는 것이었다. '자, 자아. 모두 잊게 마련이야. 진정해.' 그러나 나는 계속해서 지껄여 댔다. 그리고 뤽크 씨는 잠잠했다.

마침내 이 말의 물결을 정지시키려고나 하는 것처럼, 그는 내 머리를 두 손으로 붙잡고 부드럽게 내 입에 키스했다.

"내 가엾은 아가야, 내 가엾은 착한 아가야."

그는 헝클어진 목소리로 말했다. 나는 '때가 왔구나' 하고 생각했다. 그리고 또 동시에 나는 '정말로 가련하게 되었구나' 고 생각했다. 나는 그의 양복저고리에 매달려서 울기 시작했다. 시간이 지나갔다. 그는 지쳐버린 나를 하숙집으로 데리고 가려 했다.

나는 그가 하는 대로 내맡기려 했다. 그러나 그러고 나면 그는 이미 그곳에 없을 것이다. 나는 저항하려 했다.

"싫어, 싫어" 하고 나는 말했다.

나는 그에게 매달렸다. 나는 그가 되어 버리고 싶었다. 그래서 없어져 버리고 싶었다.

"전화 걸게. 떠나기 전에 다시 만나자, 응" 하고 그가 말했다. "나를 용서해 다오. 도미니크야. 나를 용서해 줘. 나는 너하고 있는 동안 정말로 행복했어. 다 잊게 될 것이다. 응, 모든 것이 지나가니까. 나는 무엇이건 다 할 것이다……."

그는 어쩔 수 없다는 시늉을 했다.

"나를 사랑하기 위해서 말이죠?" 하고 내가 말했다.

"그래."

그의 뺨은 보드랍고 나의 눈물로 뜨거웠다. 나는 한 달 동안 그를 만나지 못할 것이다. 그는 나를 사랑하지 않는 것이다. 정말, 그것은 기이한 것이다. 사람이 그것으로부터 도망친다는 일은 기이하다. 그는 나를 집으로 데려다 주었다. 나는 더 이상 울지 않았다. 나는 피로에 지쳐 있었다. 그는 이튿날 나에게 전화를 걸었다. 그 다음날도, 그가 출발하는 날, 나는 감기에 걸려 있었다. 그는 나를 보려고 잠깐 들렀다. 알랭이 지나는 길에 와 있었다. 뤽크 씨는 내 볼에 키스를 했다. 그는 나에게 편지를 쓰마고 했다.

제5장

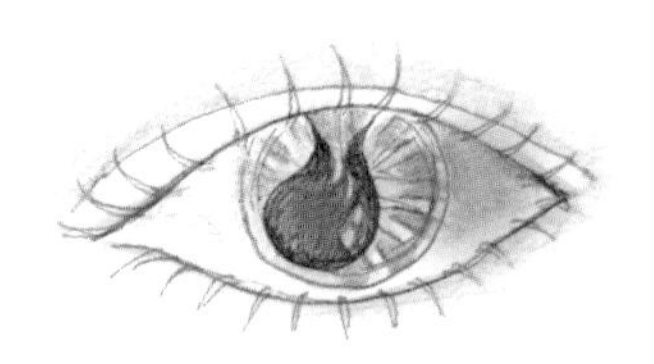

이따금 나는 한밤중에 입술이 바싹 마른 채로 잠에서 깨어났다. 그리고는 잠에서 완전히 깨어나기도 전에 무엇인가가 나에게 다시 잠자라고 소곤거렸다. 다시 따뜻한 속으로 그리고 무의식 속으로, 마치 그것이 유일한 휴식이기나 한 것처럼 다시 몸을 눕히라고 소곤거렸다. 그러나 벌써 나는 나에게 말하고 있는 것이었다. '목이 마를 뿐이다. 일어나서 세면대까지 걸어가고 물을 마시고 다시 잠자면 그뿐이다' 고. 그러나 자리에서 일어나 거울 속으로, 전등불에 비쳐진 자신의 모습을 보고는, 또 미지근한 물이 목구멍으로 흘러내릴 때면, 절망이 나를 사로잡는 것이었다. 그리고 나는 현실적으로 육체적인 고통을 느끼며, 한기에 몸을 떨면서 다시 자리에 눕는 것이었다. 배를 깔고 엎드려서 머리를 두 팔로 감싸고, 나는 내 몸을 침대에 밀어붙이는 것이었다. 마치 뤽크 씨에 대한 나의 사랑이 미지근하게 살아 있는 한 마리의 짐승이며, 이와 같이 나는 격분으로써 그것을 나의 피부와 시트 사이에서 찌그러뜨릴 수 있는 것처럼, 다음 순간 투쟁이 벌어졌다. 나의 기억과 나의 상상이 사나운 두 개의 적이 되었다. 뤽크 씨의 얼굴과 칸느와 과거에 있었던 일과 과거에 있을 수 있었던 일이 거기에 있었다. 그리고 끊임없이 졸음이 오는 내 육체의 저항과 또 역겨움을 느끼는 나의 지성의 저항이 있었다. 나는 몸을 일으켜 자리에 앉아 계산해 보았다. '나는 나다. 도미니크다. 나는 나를 사랑하지 않는 뤽크 씨를 사랑한다. 짝사랑이다. 슬픔은 피할 길 없다. 인연을 끊는 일이다.' 나는 결정적으로 그와의 인연을 끊는 방법을 생각해 보기로 했다. 뤽크 씨에게 이제 끝났다는 설명을 우아하고 고상한 글로 써서 편지를 보낸다. 그러나 그 편지는, 그 우아성이나 고상한 품위에 의해서 나를 뤽크 씨에게로 다시 데리고 간다는 점으로밖에서 나에게 흥미롭지 않았던 것이다. 그리고 나는 그와 같이 잔인한 방법에 의해서 그와 갈라선다고 생각하기가 무섭게 벌써 화해를 생각하고 있었다.

상식가가 말하듯이, 반항함으로써 충분한 것이다. 그러나 누구에게 반항하느냐? 나는 다른 누구에게도 흥미가 없었다. 나 자신에게조차도, 나는 뤽크 씨와의 관계에 의해서밖에는 나 자신도 흥미가 없었다.

카트린느, 알랭, 거리들. 생각지 않은 자리에서 나에게 키스를 한 그 남자 아이. 나는 다시 보기를 바라지 않는다. 비, 소르본, 카페들, 아메리카의 지도, 나는 아메리카를 증오했다. 권태, 그것은 영원히 끝나지 않을 것인가? 뤽크 씨가 떠나고 나서 벌써 한 달이 더 갔다. 그는 나에게 내가 외어 버린 다정하고도 슬픈 짤막한 편지를 보내왔다.

나에게 용기를 돋우어 준 것은, 그것은 나의 지성이었다. 지금까지 나의 정열에 대항하고 있던 나의 지성, 나를 우롱하고 나를 비웃고 나에게 난해한 대화를 야기시키곤 하던 그 지성이 차츰차츰 나의 편이 되어 준 것이다. 나는 이미 '그런 농담은 그만둡시다' 하고는 말하지 않았지만 그러나 '어떻게 하면 이 손실을 메울 수 있을까?' 하고 자신에게 말하고 있었다. 밤들은 한정 없었으며, 또 멋없었다. 슬픔에 사로잡혀 있었던 것이다. 그러나 낮들은 이따금 제법 빨리 지나갔다. 독서로 메워지는 때였다. 나는 '나와 뤽크 씨'에 대해서 생각했다. 마치 하나의 문제와 같이 생각했다. 그러나 그것은 저 견딜 수 없는 순간들, 나를 거리에서 멈추어 세우게 하고, 나를 혐오와 분노로 가득 채우며, 내 내부에서 하강하는 것, 그것을 막지 못했다. 나는 그럴 때면 카페로 들어가서 자동 축음기 속에 20프랑을 넣는 것이었다. 그리고 칸느의 멜로디 덕분에 5분간의 우울을 자신에게 제공하게 되는 것이었다. 마침내 알랭이 그 음악을 싫어하게 되었다. 그러나 나는 그 하나하나의 악보를 알고 있었다. 나는 미모사의 향내를 되새기고 있었다. 나는 내 돈 값어치만큼은 얻은 것이다. 나는 나를 사랑하지 않았다.

"이봐, 친구, 그만해, 그만!" 하고 참을성 많은 알랭이 말했다.

나는 남이 나를 이와 같이 '친구'라고 부르는 것을 좋아하지 않았다. 그렇지만 이 경우에는 그것이 나에게 용기를 돋우어 주었다.

"너는 좋은 사람이야" 하고 나는 알랭에게 말했다.

"천만에" 하고 그가 말했다. "나는 정열에 관해서 논문을 쓸 거야. 흥미가 있단 말이야."

그러나 이 음악은 나를 납득시켰다. 나에게 뤽크 씨가 필요하다는 것을 납득시켰다. 나는 이 필요가 나의 사랑과 연결되어 있는 동시에 또 분리되어 있는 것임을 잘 알았다. 또한 나는 그에게서 인간, 공범자, 내 정열의 대상, 즉 적을 분리시킬 수도 있었다. 그리고 가장 좋지 못한 일이, 그를 좀 과소평가하지 못하는 일이었다. 마치 우리가 미적지근한 사람들에게 하는 식으로 그를 업신여기지 못하는 일이 최악의 일이었다. 나는 또 나에게 다음과 같이 말할 때도 있었다. '저 불쌍한 뤽크 씨, 나는 얼마나 그에게 귀찮을까? 또 얼마나 짐스러울까?' 하고. 그리고서 나는 가볍게 처리하지 못하는 자신을 경멸했다. 만약에 그랬더라면 아마도 그것이 그를 나에게 분노 때문에 더 집착케 했을는지도 모를 일이다. 그러나 나는 그가 화낼 줄 모른다는 것을 잘 안다. 상대방은 적대자가 아니라 뤽크 씨인 것이다. 나는 거기서 헤어나질 못하는 것이다.

어느 날 내가 강의를 들으러 가려고 두 시에 내 방에서 내려오는데, 하숙집 아주머니가 나에게 전화를 내밀었다. 나는 이제는 전화기를 받아들이고 이미 뤽크 씨가 떠나고 난 후라 가슴이 두근거리는 일은 없었다. 나는 전화기를 받아들자마자 프랑스와즈의 머뭇거리는 낮은 목소리임을 알았다.

"도미니크예요?"

"예." 나는 대답했다.

계단은 고요하고 잠잠했다.

"도미니크, 좀더 빨리 전화를 걸려고 했는데 늦었어요. 그건 그렇다 하고 나를 보러와 주겠어요?"

"물론, 가고말고요." 나는 말했다. 내 음성이 지나치게 심각했기 때문에 아마도 이상스러운 목소리로 들렸을 것이다.

"그러면 오늘 밤 여섯 시에 오겠어요?"

"좋아요, 알았어요."

그러고 나자 그녀는 전화를 끊었다.

나는 마음이 동요되었다. 그리고 또 동시에 그녀의 목소리를 들으므로 해서 기뻤다. 그것은 지나간 그 주말, 그 자동차, 그 레스토랑에서의 식사들, 그와 같은 분위기를 되살려 주었기 때문이다.

제6장

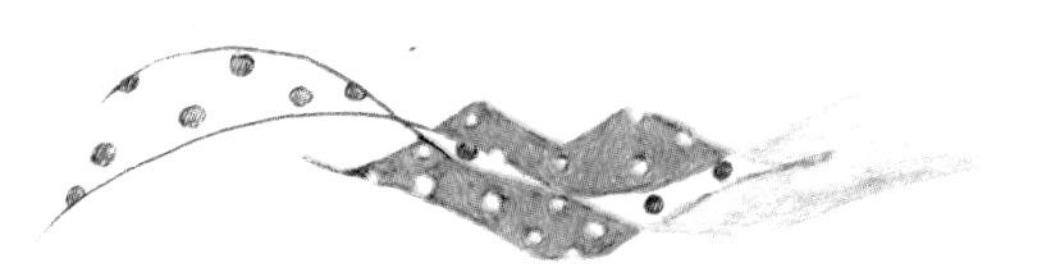

나는 강의를 들으러 가지 않았다. 나는 거리를 따라 걸어가면서 그녀가 나에게 무엇을 말할 수 있을 것인가 하고 자문했다. 그리고 나는 여느 사람들이 갖는 반응이나 마찬가지로, 설령 그것이 누구건 내가 남에게 원망을 받기엔 너무나 괴로웠던 것으로 여겨졌다. 여섯 시엔 약간 비가 오고 있었다. 길은 비에 젖어서 바다표범의 등처럼 불빛에 번뜩거리고 있었다. 아파트 건물의 홀 안으로 들어서면서 나는 거울 속을 보았다. 나는 많이 야위어 있었다. 나는 막연히 내가 중병으로 빠져서 뤽크 씨가 흐느끼며 내 임종의 자리에 와 주었으면 하고 바랐다. 머리는 흠뻑 젖었고 쫓기는 사람의 몰골이었다. 나는 프랑스와즈에게 그녀의 변함없는 친절심을 불러일으키리라. 나는 잠깐 동안 자신을 쳐다보기 위해서 거울 앞에 멈추어 서 있었다. 어쩌면 나는 '술책'을 쓸 수 있었을 것이다. 프랑스와즈를 내 편에 끼어 넣고 틈을 엿보아 뤽크 씨와 만난

다는 일을, 그러나 어째서? 또 어떻게 농간을 피우겠는가. 이 절대적인 무방비의, 완전한 감정이 존재하는 이런 때에, 나는 나의 사랑에 놀라고 감탄했다. 나는 그것이 나에게 있어서 괴로움의 원인밖에는 아무것도 이루지 못한다는 것을 잊어버리고 있었다.

프랑스와즈는 웃으면서도 겁나는 표정으로 문을 열었다. 나는 안으로 들어서면서 레인코트를 벗었다.

"안녕하세요?" 나는 물었다.

"응, 좋아" 하고 그녀는 말했다. "앉아 응, 앉아요."

나는 그녀가 나에게 튀트와이에(tutoyer, 친근한 사람들끼리 쓰는 해라 투의 말)로 애기했던 일을 잊고 있었다. 나는 앉았다. 그녀는 나를 쳐다보고 있었다. 나의 애처로운 몰골에 놀라는 표정이 역력했다. 그래서 나는 내 자신이 가련하게 여겨졌다.

"무엇을 좀 마시겠어요?"

"예."

술장 선반에 그녀는 위스키를 꺼내 따라 주었다. 나는 그 맛을 잊고 있었다. 이런 것도 역시 있었던 일이다. 나의 쓸쓸한 방과 대학의 레스토랑. 그래도 그들이 나에게 준 벽돌색 외투는 상당이 긴요하게 사용되었다. 나는 긴장과 절망을 느꼈으며, 격분한 나머지 나 자신에 대해서 거의 지신을 느끼기까지 했다.

"이렇게 됐어요" 하고 나는 말했다.

나는 눈을 들어 그녀를 바라보았다. 그녀는 맞은편 긴 의자 위에 앉아 있었다. 그녀는 한 마디도 않고 나를 물끄러미 바라보고 있었다. 우리들은 이때까지만 해도 아직 다른 이야기들을 나눌 수도 있었을 것이고, 또 내가 그녀와 헤어지면서 난처한 표정으로 '나에 대해서 너무 원망하지 마시길 바라요' 라고도 할 수 있었을 것이다. 그것은 나에게 달린 일이었다. 말만 하면 되는 일이었다. 속히 이 침묵이 우리들의 고백으로 바뀌기 전에. 그러나 나는 입을 다물고 있었다. 나는 겨우 어떤 한순간을 살고 있는 것이다.

"나, 좀 더 일찍이 당신에게 전화하려고 했는데" 하고 결국에 그녀가 말했다. "왜냐하면 뤽크가 그렇게 하라고 나에게 말했거든. 그리고 당신이 파리에 혼자 있는 일이 내 마음에 걸려서 결국……."

"나도 역시 당신께 전화를 했어야 될 일인데요" 하고 나도 말했다.

"왜?"

나는 "사과하기 위해서요" 하고 말할 뻔했다. 그러나 그 말이 나에겐 약하게 여겨졌다. 나는 진실을 얘기하기 시작했다.

"왜냐고요, 그렇게 하고 싶었기 때문이죠. 나는 정말로 고독했기 때문이죠. 그리고 또 당신이 생각하고 계시리라 생각하는 일이 내 마음에 걸렸기 때문이어요……."

나는 막연하게 말했다.

"당신 안색이 좋지 않은데" 하고 그녀가 다정하게 말했다.

"그래요" 하고 나는 골이 나서 말했다. "만약에 내가 할 수 있었다면 나는 당신을 만나러 왔을 거예요. 당신은 나에게 비프스테이크를 먹게 해주었을 것이고, 나는 당신 집의 양탄자 위에 길게 뻗고 누워 있었을 것이며, 당신은 나를 위로해 주었겠죠. 불행하게도 당신만이 그것을 할 수 있는 유일한 사람이었으며, 당신만이 그것을 하지 못할 유일한 사람이었습니다."

나는 떨고 있었다. 나의 유리잔이 내 손 안에서 떨리고 있었다. 프랑스와즈의 시선이 견딜 수 없는 것으로 되어가고 있었다.

"그것은 …… 그것은 거북한 일이었어요" 하고 나는 사과하기 위해서 말했다.

그녀는 내 손에서 유리잔을 빼앗았다. 그리고 그것을 탁자 위에 놓았다. 그리고 다시 앉았다.

"나는, 나는 질투하고 있었어요" 하고 그녀는 낮은 목소리로 말했다. "나는 육체적으로 질투하고 있었어요."

나는 그녀를 쳐다보았다. 나는 모든 것을 다 각오하고 대기하고 있었지만, 이것만은 의외의 일이었다.

"바보 같은 짓이죠" 하고 그녀가 말했다. "나는 당신과 뤽크와의 관계가 내단치 않다는 것을 알고 있었어요."

내 표정을 보고서 그녀는 당장에 사과하는 표정을 지었다. 그것은 훌륭한 행위라고 생각되었다.

"결국 내가 말하고 싶은 것은, 육체적인 바람기는 진짜로는 대단치 않다는 것이죠. 그런데 나는 항상 이꼴이었다고요. 그리고 특히 이번에는 ……이번에는……."

그녀는 괴로워하는 것 같았다. 나는 그녀가 무엇을 말하려 하는가 하고 두려워했다.

"이제 와선 나는 별로 젊지가 못한 걸요" 하고 그녀는 말을 마치고서 고개를 돌렸다. "육체적인 매력이 별로 없는 걸요."

"그렇지 않아요" 하고 내가 말했다.

나는 반대했다. 나는 이 사건이 다른 또 하나의 중요성을 지닐 수 있다고는 생각지 않았던 것이다. 내가 모르는 가련한 일면이, 아니 가련하기조차 못한 일면이, 평범하고 슬픈 일면이 있다는 것을, 나는 이 사건이 나에게 소속되어 있다고 생각했다. 그러나 나는 그들의 생활에 대해서 아무것도 모르고 있었다.

"그것은, 그것 때문이 아니었다구요" 하고 나는 말했다. 그리고 나는 일어섰다. 내가 그녀 쪽으로 걸어가서 멈추어 서자, 그녀는 나를 향해 돌아섰다. 그리고 약간 미소지었다.

"가엾은 도미니크, 엉망진창이 되었군요!"

나는 그녀 곁에 앉아서 두 손으로 머리를 붙잡았다. 내 귀에서 윙윙 소리가 났다. 나는 내가 텅 빈 것을 느꼈다. 울고 싶었다.

"나는 당신을 좋아해요" 하고 그녀가 말했다. "많이 좋아해요. 나는 당신이 불행하다고 생각하고 싶지 않아요. 내가 처음으로 당신을 만났을 때, 당신의 약간 풀이 죽은 것 같은 그 표정 대신에 당신에게 행복한 표정을 주고 싶었어요. 그것은 과히 성공하질 못했지요."

"불행요? 나는 약간 그랬지요. 하지만 뤽크 씨가 미리부터 나에게 예고했던 바에요."

나는 그녀에게 무너지듯 매달리고 싶었다. 이 큼직하고 관

대한 육체 위에. 그리고 그녀에게 그녀가 나의 어머니였으면 좋겠다고 말하고, 또 내가 불행하다고 말하며 울고 싶었다. 그러나 나는 그와 같은 연극의 역할조차 해낼 수가 없었다.

"그이, 열흘 후면 돌아와요" 하고 그녀가 말했다.

이 고집스런 나의 마음을 흔드는 것은 대체 무엇일까? 프랑스와즈는 뤽크 씨와 그리고 그의 반 조각의 행복을 다시 찾아야만 될 것이다. 나는 희생이 되어야 하겠다. 이 나중 생각이 나를 미소짓게 했다. 이것은 내가 중요하지 않다고 하는 것을 나에게 감추기 위한 마지막 노력이었던 것이다. 나는 희생이 될 아무것도 없었던 것이다. 아무런 희망도 없었던 것이다. 나는 병이 나으면 되는 것이다. 또는 시간이 그 병을 낫게 해주면 되는 것이다. 이 괴로운 체념에는 일종의 낙천주의가 섞여 있었던 것이다.

"훨씬 더 후에 그 병이 나에게서 끝났을 때, 프랑스와즈, 나는 당신을 만나겠어요. 그리고 뤽크 씨하고도 마찬가지에요. 지금은, 난 기다리는 수밖에 없어요."

문턱에서 그녀는 나에게 다정하게 키스를 했다. 그리고 "다시 또 만나요" 하고 말했다.

그러나 나는 집에 돌아오자마자 침대 위에 쓰러져 버렸다. 나는 그녀에게 뭐라고 말했던가, 그 얼마나 냉담하고 바보스러운 소리를 지껄였던가? 뤽크 씨는 돌아올 것이었다. 그는 나를 품에 안아 주리라. 그는 나에게 키스해 주리라. 나를 사랑하지 않는다손 치더라도 그는 곁에 있어 주리라. 뤽크 씨와의 이 악몽은 그것으로 끝났어야 했다.

열흘 뒤에 뤽크 씨는 돌아왔다. 나는 그것을 알았다. 그가 돌아오던 날, 버스를 타고 그의 집 앞을 지나가다가 나는 그의 차를 보고서 그것을 알았다. 나는 하숙집에 돌아와서 그로부터 걸려오는 전화를 기다렸다. 전화는 걸려오지 않았다. 그날도 그 다음날도. 그 다음날은 그의 전화를 기다리기 위해서 감기에 걸렸다는 핑계로 자리에 누워 있었다.

그는 돌아와 있었다. 그러면서도 그는 나에게 전화를 주지 않았다. 한 달 반이나 서로 떨어져 있던 뒤인데도, 절망, 그것은 떨리는 마음이었으며, 이 내심의 반 웃음이었으며, 이 집념에 찬 무감각이었다. 나는 아직 이렇게 괴로워한 일은 없었다. 나는 나에게 이것이 마지막 노력이라고 말했다. 그러나 그것은 냉혹했다.

사흘째 되던 날 나는 자리에서 일어났다. 나는 학교에 갔다. 알랭은 나와 함께 걷기 시작했다. 나는 그가 나에게 말하는 것을 주의해서 들었다. 나는 웃었다. 왠지 모르게 셰익스피어 글귀가 머리에서 떠나지 않았다.

"덴마크 왕국에 부패한 그 무엇이 존재하고 있다." 나는 줄곧 그 말이 입술 위에 맴돌았다.

15일째 되던 날, 나는 인심 좋은 한 이웃 사람의 라디오에서 높은 소리로 방송되는 음악소리에 잠이 깨었다. 그것은 모차르트의 아름다운 안단테로, 여느 때와 마찬가지로 새벽과 죽음과, 어떤 종류의 미소를 나에게 불러일으켰다. 나는 침대 속에서 꼼짝을 않고 오래도록 그것을 듣고 있었다. 나는 꽤 행복했다.

하숙집 아주머니가 나를 불렀다. 누군가가 전화를 건 것이었다. 나는 서두르지도 않고 평상복을 걸치고 아래층으로 내려갔다. 나는 그것이 뤽크 씨일 것이라 생각을 했고, 또 그것이 이제는 그다지 중요하지 않다고 생각했다. 그 무엇이 나로부터 도망쳐 갔다.

"잘 있었나?"

나는 그의 목소리를 듣고 있었다. 그것은 그의 목소리였다. 어디로부터 이 평온과 이 감미로움이 나에게 오는 것일까? 마치 살아 있는, 그리고 본질적인 그 무엇이 나로부터 흘러나가고 있는 것만 같았다. 그는 나에게 이튿날 그와 함께 차를 마시자고 했다. 나는 "예, 예" 했다.

나는 대단히 조심스레 내 방으로 다시 올라왔다. 음악은 끝났다. 그리고 나는 그 끝부분을 듣지 못한 것이 서운했다. 나는 갑자기 거울 속을 들여다보았다. 그리고 미소 짓는 자신을 보았다. 나는 미소 짓기를 멈추지 못했다. 나는 그렇게 할 수가 없었다. 새로이 나는 그것을 알았다. 내가 홀로라는 것은, 나는 이 말을 나 자신에게 하고 싶었다. 홀로, 홀로 그러나 대체 그것이 어쨌단 말인가! 나는 한 남자를 사랑했던 한 여자였다. 그것은 단순한 이야기였다. 점잖은 얼굴을 할 것도 없는 것이다.

연보

1935년 6월 21일 남프랑스의 까자르크에서 부유한 실업가를 아버지로 태어남. 본명은 프랑수아즈 끄와레(Françoise Quoirez).

1954년 소르본 대학 재학 중 19세의 어린 나이로 소설《슬픔이여 안녕(Bonjour tristesse)》을 발표하여 문단에 데뷔. 발표되자마자 선풍적인 인기를 얻어 영 · 미를 비롯한 세계 각국에서 다투어 번역 출판됨. 문학 비평 대상을 수상함.

1956년 소설《어떤 미소(Un certain sourire)》발표.

1957년 소설《달이 가고 해가 가면(Dans un mois, dans un an)》발표.

1959년 소설《브람스를 좋아하세요(Aimez-vous Brahms…)》발표. 'Goodbye Again'이란 제목으로 영화화됨.

1960년 희곡《스웨덴의 성(Un Château en Suède)》발표.

1961년 소설《신기한 구름(Les merveilleux nuages)》, 희곡《때때로 바이올린을(Les violons parfois…)》발표.

1963년 희곡 《발랑띤느의 접시꽃 빛깔의 옷(La robe mauve de Valentine)》 발표.

1964년 희곡 《행복과 막다른 골목과 통행로》 발표.

1965년 소설 《열애(La Chamade)》 발표.

1969년 소설 《찬물 속의 한줌 햇살(Un peu de soleil dans l' eau froide)》 발표.

1972년 소설 《영혼의 상처(Des bleus à l' âme)》 발표.

1975년 단편집 《길모퉁이의 카페(Le coin du café)》, 《흐트러진 침대》 발표.

1985년 테마별로 묶은 에세이집 《환희와 고통의 순간들》 발표.

1989년 소설 《황금의 고삐》 발표.

2002년 16년 동안 (1982~98) 사강의 비서를 지낸 마리-테레즈 바르톨리의 책 《친애하는 마담 사강》에 의하면, "사강은 돈에 대한 관념이 희박하여 늘 수입보다 지출이 많았으며 또한 수입의 일부를 세금으로 떼내는 것조차도 평생 이해하지 못했다"고 밝힌다. 현재는 무절제한 소비로 말미암아 빈털터리 신세로 신장질환을 앓고 있으며 노르망디의 친구집에 머물고 있다.

□ **옮긴이 소개**

경기도 화성 출생. 불문학 박사. 성균관 대학교 및 동 대학원 졸업. 상명여사대 · 숭실대 교수, 불문학회 회장 역임. 현재 한국문인협회 · 국제펜클럽 한국본부 회원.
저서에 《크로바의 회상》, 《우리의 행위는 우리를 뒤따른다》와 **역서**로는 《에밀》, 《프랑스 콩트선》 등 다수가 있음.

어떤 미소

1977년 9 월 1일 초판 1쇄 발행
1986년 4 월 20일 2판 1쇄 발행
2004년 5 월 20일 3판 1쇄 발행

지은이 F. 사 강
옮긴이 정 봉 구
펴낸이 윤 형 두
펴낸데 **범 우 사**

출판등록 1966. 8. 3. 제 406—2003—048호
(413-832) 경기도 파주시 교하읍 문발리 535-10
전화대표 031-955-6900~4 / FAX 031-955-6905

* 파본은 교환해 드립니다.
교정 · 편집/김영석 · 윤아트
ISBN 89-08-03308-4 04860
89-08-03202-9 (세트)
(홈페이지) http://www.bumwoosa.co.kr
(E-mail) bumwoosa@chol.com

주머니속에 내 친구를!

범우문고

독서의 생활화와 양질의 도서를 보급키 위해 문학·사상·고전·철학·역사·학술분야를 망라한 종합교양문고로, 언제 어디서나 누구든지 저렴한 가격으로 부담없이 읽을 수 있는 책!

▶각권 값 2,000~3,000원, 계속펴냅니다.

1 수필 피천득
2 무소유 법정
3 바다의 침묵(외) 베르코르/조규철·이정림
4 살며 생각하며 미우라 아야코/진웅기
5 오, 고독이여 F. 니체/최혁순
6 어린 왕자 A. 생 텍쥐페리/이정림
7 톨스토이 인생론 L. 톨스토이/박형규
8 이 조용한 시간에 김우종
9 시지프의 신화 A. 카뮈/이정림
10 목마른 계절 전혜린
11 젊은이여 인생을… A. 모르아/방곤
12 채근담 홍자성/최현
13 무진기행 김승옥
14 공자의 생애 최현 엮음
15 고독한 당신을 위하여 L. 린저/곽복록
16 김소월 시집 김소월
17 장자 장자/허세욱
18 예언자 K. 지브란/유제하
19 윤동주 시집 윤동주
20 명정 40년 변영로
21 산사에 심은 뜻은 이청담
22 날개 이상
23 메밀꽃 필 무렵 이효석
24 애정은 기도처럼 이영도
25 이브의 천형 김남조
26 탈무드 M. 토케이어/정진태
27 노자도덕경 노자/황병국
28 갈매기의 꿈 R. 바크/김진욱
29 우정론 A. 보나르/이정림
30 명상록 M. 아우렐리우스/황문수
31 젊은 여성을 위한 인생론 P. 벅/김진욱
32 B사감과 러브레터 현진건
33 조병화 시집 조병화
34 느티의 일월 모윤숙
35 로렌스의 성과 사랑 D.H. 로렌스/이성호
36 박인환 시집 박인환
37 모래톱 이야기 김정한
38 창문 김태길
39 방랑 H. 헤세/홍경호
40 손자병법 손무/황병국
41 소설·알렉산드리아 이병주
42 전락 A. 카뮈/이정림
43 사노라면 잊을 날이 윤형두
44 김삿갓 시집 김병연/황병국
45 소크라테스의 변명(외) 플라톤/최현
46 서정주 시집 서정주
47 사람은 무엇으로 사는가 L. 톨스토이/김진욱
48 불가능은 없다 R. 슐러/박호순
49 바다의 선물 A. 린드버그/신상웅
50 잠 못 이루는 밤을 위하여 C. 힐티/홍경호
51 딸깍발이 이희승
52 몽테뉴 수상록 M. 몽테뉴/손석린
53 박재삼 시집 박재삼
54 노인과 바다 E. 헤밍웨이/김회진
55 향연·뤼시스 플라톤/최현
56 젊은 시인에게 보내는 편지 R. 릴케/홍경호
57 피천득 시집 피천득
58 아버지의 뒷모습(외) 주자청(외)/허세욱(외)
59 현대의 신 N. 쿠치키(편)/진철승
60 별·마지막 수업 A. 도데/정봉구
61 인생의 선용 J. 러보크/한영환
62 브람스를 좋아하세요… F. 사강/이정림
63 이동주 시집 이동주
64 고독한 산보자의 꿈 J. 루소/염기용
65 파이돈 플라톤/최현
66 백장미의 수기 I. 숄/홍경호
67 소년 시절 H. 헤세/홍경호
68 어떤 사람이기에 김동길
69 가난한 밤의 산책 C. 힐티/송영택
70 근원수필 김용준
71 이방인 A. 카뮈/이정림
72 롱펠로 시집 H. 롱펠로/윤삼하
73 명사십리 한용운
74 왼손잡이 여인 P. 한트케/홍경호
75 시민의 반항 H. 소로/황문수
76 민중조선사 전석담
77 동문서답 조지훈
78 프로타고라스 플라톤/최현
79 표본실의 청개구리 염상섭
80 문주반생기 양주동
81 신조선혁명론 박열/서석연
82 조선과 예술 야나기 무네요시/박재삼
83 중국혁명론 모택동(외)/박광종 엮음
84 탈출기 최서해